Die Ausschnitte aus Shakespeares *»Ein Sommernächtstraum«* sind in der Übersetzung August Wilhelm von Schlegels wiedergegeben, die beiden Kurzauszüge aus Shakespeares Sonetten *»Soll ich dich einem Sommertag vergleichen«* und *»Sprecht nicht, wo treue Geister eng verschlungen«* in der Übersetzung Therese Robinsons.

1. KAPITEL

In der steinernen Kapelle der Welton-Akademie, einer Privatschule tief in den Bergen Vermonts, saßen auf beiden Seiten des langen Mittelgangs mehr als 300 Jungen, sämtlich im Blazer der Anstalt, und warteten. Mit ihnen warteten die stolzen Eltern. Noch klang ihnen der Nachhall der Dudelsackmusik in den Ohren, als ein kleiner älterer Mann, in eine fließende Robe gehüllt, eine Kerze anzündete. Dann führte er eine Prozession von Studenten mit Bannern, Lehrern im Talar und ehemaligen Schülern durch einen langen, mit Schieferplatten gepflasterten Korridor in die ehrwürdige Kapelle.

Feierlich marschierten die vier Jungen mit den Bannern zum Podium vor. Langsam folgten ihnen die älteren Männer. Der letzte von ihnen trug stolz die brennende Kerze.

Auf dem Podium stand Rektor Gale Nolan, ein stämmiger Mann Anfang 60, und sah erwartungsvoll zu, wie die Prozession den Aufmarsch beendete.

»Ladys und Gentlemen ... Jungs ...«, begann er und zeigte mit dramatischer Geste auf den Mann mit der Kerze. »Das Licht des Wissens.«

Langsam trat der ältere Herr mit der Kerze vor, und das Publikum spendete höflichen Beifall. Der Dudelsackpfeifer marschierte zu einer Ecke des Podiums, wo er Stellung bezog. Und die vier Bannerträger senkten die Fahnen, auf denen jeweils ein Wort stand – »Tradition«, »Ehre«, »Disziplin« und »Leistung.« Dann nahmen sie schweigend im Zuhörerraum Platz.

Der Herr mit der Kerze trat vor die vordersten Reihen, wo die jüngsten Schüler saßen, jeder mit einer nicht angezündeten Kerze in der Hand. Langsam beugte er sich vor und entzündete die Kerze des ersten Schülers am Mittelgang.

»Das Alter reicht der Jugend das Licht des Wissens«, verkündete Rektor Nolan feierlich. Und nun entzündete jeder Schüler seine Kerze an der des neben ihm Sitzenden.

»Ladys und Gentlemen, sehr geehrte Ehemalige, Schüler... In diesem Jahre 1958 besteht die Welton-Akademie 100 Jahre. Vor 100 Jahren saßen in diesem Saal 41 Jungen, und man stellte ihnen dieselben Fragen, mit denen man euch heute noch zu Beginn jedes Semesters begrüßt.« Nolan legte eine dramatische Pause ein, und sein Blick glitt durch den Saal über die gespannten, angsterfüllten jungen Gesichter.

»Gentlemen«, blaffte er, »welches sind die vier Säulen?«

Füßescharren unterbrach die spannunggeladene Stille. Die Schüler hatten sich erhoben. Der 16jährige Todd Anderson, einer der wenigen Jungen, die keinen Schul-Blazer trugen, zögerte noch, als die anderen Jungen rundherum aufsprangen. Seine Mutter mußte ihn erst anstoßen. Seine Miene war verkrampft und unglücklich, die Augen waren dunkel vor Zorn. Schweigend beobachtete er die anderen Jungen, die im Chor schrien: »Tradition! Ehre! Disziplin! Leistung!«

Auf ein Nicken Nolans setzten sich die Jungen wieder. Eine Zeitlang hörte man noch Stühle knarren. Dann senkte sich feierliches Schweigen über das Innere der Kapelle.

»Im ersten Jahr der Welton-Akademie«, blaffte Nolan in das Mikrofon, »bestanden vier Schüler das Abschluß-

Von ihm ermuntert, gründen die Schüler den »Club der toten Dichter«, einen Geheimbund, in dem sie abseits von Zwängen und Vorschriften ihren Gefühlen freien Lauf lassen können, in dem sie – über die Vertiefung in die Welt der Dichter und die Schönheit der Sprache – die Bedeutung des Augenblicks erkennen und die Besonderheit ihrer individuellen Existenz.
Wer wird je das großartige Finale dieser Geschichte vergessen: den Abschied der auf den Pulten stehenden Schüler von ihrem Lehrer, der ihnen auf seine Weise den Weg gewiesen hat!

Schneekluth

examen.« Kurze Pause. »Im vergangenen Jahr bestanden es hier 51 Schüler, von denen mehr als 76 Prozent Studienplätze an Elite-Universitäten erhielten!«

Mit starkem Beifall bedachten die neben ihren Söhnen sitzenden stolzen Eltern Nolans rednerischen Kraftakt. Zwei der Bannerträger, der 16jährige Knox Overstreet und sein Freund Charlie Dalton, klatschten eifrig mit. Beide trugen einen Welton-Blazer, und beide, die zwischen ihren Eltern saßen, verkörperten das Image von Elite-Universitäten. Knox hatte kurze Lockenhaare, ein einnehmendes Lächeln und eine athletische Figur. Charlie hatte ein hübsches Pennälergesicht.

Sie schauten sich nach ihren Schulkameraden um.

»Diese Erfolge«, fuhr Rektor Nolan fort, »sind das Ergebnis glühender Hingabe an die hier vermittelten Grundsätze. Aus diesem Grund schicken uns die Eltern ihre Söhne her, und deshalb sind wir die beste Vorbereitungsschule in den Vereinigten Staaten.« Beifall zwang Nolan wieder zu einer Redepause.

»Liebe neue Schüler«, fuhr er fort, an die jüngsten Schüler gewandt, die in die Welton-Akademie aufgenommen werden sollten, »der Schlüssel zu eurem Erfolg ruht auf vier Säulen. Dies gilt sowohl für die im 7. Schuljahr wie für Schüler, die aus anderen Lehranstalten zu uns kommen.« Bei der Erwähnung der Schüler aus anderen Lehranstalten zuckte Todd Anderson unangenehm berührt zusammen, und sein Gesicht verriet, wie peinlich ihm das alles war. »Die vier Säulen sind der Inbegriff dieser Schule, und sie werden zu Grundsteinen eures Lebens werden.«

»Richard Cameron!« rief Nolan, und einer der Jungen, die ein Banner getragen hatten, sprang auf.

»Ja, Sir!« schrie Cameron. Sein Vater neben ihm strahlte vor Stolz aus allen Knopflöchern.

»Cameron, was ist Tradition?«

»Tradition ist die Liebe zu unserer Schule, unserem Land und unserer Familie, Mr. Nolan. Unsere Tradition in Welton ist die beste!«

»Gut, Mr. Cameron.«

Cameron nahm in steifer Haltung Platz. Sein Vater lächelte selbstgefällig.

»George Hopkins! Was ist Ehre?«

»Ehre ist Würde und Pflichterfüllung!« antwortete der Junge.

»Gut, Mr. Hopkins. Knox Overstreet!«

Knox, der auch ein Banner trug, stand auf. »Ja, Sir.«

»Was ist Disziplin?« fragte Nolan.

»Disziplin ist Respekt vor Eltern, Lehrern und dem Rektor. Disziplin kommt von Herzen.«

Knox setzte sich lächelnd. Seine Eltern, die neben ihm saßen, klopften ihm aufmunternd auf die Schulter.

»Danke, Mr. Overstreet. Neil Perry, Kandidat für die Ehrenhalle!«

Neil Perry erhob sich. Die Brusttasche seines Welton-Blazers war mit Leistungsnadeln gespickt. Pflichtbewußt stand der 16jährige da und sah Rektor Nolan erregt an.

»Leistung, Mr. Perry?«

»Leistung ist das Ergebnis harter Arbeit«, erwiderte Perry laut und eintönig wie etwas auswendig Gelerntes. »Leistung ist der Schlüssel zum Erfolg, in der Schule und überall.« Er setzte sich wieder und schaute geradeaus aufs Podium. Neben ihm saß mit steinerner Miene, schweigend und ohne ein Lächeln, sein Vater. Er nahm von seinem Sohn nicht die geringste Notiz.

»Gentlemen«, fuhr Rektor Nolan fort, »in Welton werden Sie härter arbeiten, als Sie je im Leben gearbeitet haben. Als Lohn winkt Ihnen der Erfolg, den wir alle von Ihnen erwarten.«

Er wechselte das Thema. »Unser allseits beliebter Englischlehrer, Mr. Portius, ist in den Ruhestand getreten. Ich ergreife die Gelegenheit, Ihnen seinen Nachfolger, Mr. John Keating, vorzustellen. Er war selber ein ehrenvoller Absolvent dieser Schule und ist in den vergangenen Jahren an der sehr angesehenen Chester-Schule in London als Lehrer tätig gewesen.«

Mr. Keating, der unter den anderen Mitgliedern des Lehrerkollegiums saß, verbeugte sich leicht, als er so vorgestellt wurde. Keating war Anfang 30, hatte brünettes Haar und braune Augen und war mittelgroß – allem Anschein nach ein Durchschnittsmensch. Obwohl er respekteinflößend und gelehrt wirkte, betrachtete Neil Perrys Vater den neuen Englischlehrer mit Argwohn.

»Zum Abschluß der Begrüßungsfeier«, sagte Nolan, »möchte ich jetzt Weltons ältesten Absolventen, Mr. Alexander Carmichael jr., aufs Podium bitten. Er gehörte zum Abschlußjahrgang 1886.«

Die Zuschauer erhoben sich. Mit einer Ovation feierten sie den 80jährigen, der hochmütig die Bemühungen seiner Sitznachbarn ablehnte, ihm beim Aufstehen behilflich zu sein. Quälend langsam schleppte er sich zum Podium. Dort murmelte er einige Worte, von denen die Zuhörer kaum etwas verstanden, und damit war die Versammlung beendet. Schüler und Eltern strömten aus der Kapelle auf das kühle Schulgelände.

Verwitterte Steingebäude und die Atmosphäre traditioneller Strenge unterschieden Welton vom Rest der Welt. Wie ein Geistlicher, der sonntags nach dem Gottesdienst vor der Kirche steht, sah Rektor Nolan dem Abschiednehmen von Eltern und Schüler zu.

Charlie Daltons Mutter strich sich die Haare aus den Augen und umarmte ihren Sohn herzlich. Knox Overstreets Vater drückte seinen Sohn mit herzlicher Zuneigung an sich, während er mit ihm über den Campus schritt und ihn auf die Wahrzeichen des Geländes aufmerksam machte. Neil Perrys Vater stand steif vor seinem Sohn und richtete die Leistungsnadeln an dessen Jackett genau aus. Todd Anderson stand ganz allein. Mit der Schuhspitze versuchte er einen Stein auszubuddeln. Seine Eltern unterhielten sich in der Nähe mit einem anderen Ehepaar und achteten nicht auf ihren Sohn. Todd schaute befangen auf die Erde. Er schrak zusammen, als Rektor Nolan auf ihn zutrat und sein Namensschild zu lesen versuchte.

»Ah, Mr. Anderson. Sie treten ein schweres Erbe an, junger Mann. Ihr Bruder war einer unserer Besten.«

»Danke sehr, Sir«, sagte Todd mit schwacher Stimme.

Nolan schritt weiter, vorbei an Eltern und Schülern. Die ganze Zeit über grüßte und lächelte er nach allen Seiten. Als er zu Mr. Perry und Neil kam, blieb er stehen und legte Neil eine Hand auf die Schulter.

»Von Ihnen erwarten wir große Dinge, Mr. Perry«, sagte der Rektor zu Neil.

»Danke sehr, Mr. Nolan.«

»Er wird uns nicht enttäuschen«, sagte der Vater des Jungen zu Nolan. »Nicht wahr, Neil?«

»Ich werde mein Bestes tun, Sir.« Nolan schlug Neil auf die Schulter und ging weiter. Er sah, daß manchem der Jüngeren das Kinn zitterte. Anderen kamen die Tränen, als sie ihren Eltern, vielleicht zum erstenmal, Lebewohl sagten.

»Es wird dir hier sehr gut gefallen«, sagte ein Vater und ging lächelnd und winkend schnell davon.

»Benimm dich nicht wie ein Kleinkind!« schnauzte ein anderer Vater seinen ängstlichen Sohn an, der Tränen vergoß.

Langsam zogen sich die Eltern zurück. Ein Wagen nach

dem anderen fuhr ab. Die Jungen hatten in der Einsamkeit der grünen, aber rauhen Wälder Vermonts in der Welton-Akademie eine neue Heimat gefunden.

»Ich will nach Haus!« jammerte ein Junge. Ein Junge aus einer der oberen Klassen klopfte ihm beruhigend auf den Rücken und führte ihn zu den Unterkünften.

2. KAPITEL

Nicht so hektisch, Gentlemen!« rief ein Lehrer mit schottischem Akzent. Die 40 Schüler der untersten Klasse rannten die Treppe von den Zimmern hinunter. Dabei kamen ihnen 15 ältere Schüler entgegen.

»Ja, Sir, Mr. McAllister«, rief einer der Jüngeren. »Entschuldigung, Sir.« McAllister schüttelte den Kopf über die Jungen, die aus den Schlafsälen herauskamen und sich auf dem Schulgelände verteilten.

In der eichegetäfelten Ehrenhalle der Akademie standen sie herum oder saßen auf den faltigen alten Lederstühlen. Sie warteten darauf, daß sie an die Reihe kamen. Viele Augen spähten das Treppenhaus hinauf, wo ein Gang zu einer bestimmten Tür im Obergeschoß führte.

Gleich darauf ging die Tür auf, und fünf Jungen kamen im Gänsemarsch die Treppe hinunter. Ein grauhaariger alter Lehrer schlurfte zur Tür.

»Overstreet, Perry, Dalton, Anderson, Cameron!« rief Dr. Hager auf. »Kommen Sie!«

Die fünf Jungen stiegen die Treppe hinauf. Zwei andere, die unten warteten, schauten ihnen gespannt nach.

»Wer ist der Neue?« flüsterte Pitts seinem Klassenkameraden zu.

»Anderson«, gab Steven Meeks flüsternd zurück.

Doch der alte Hager hatte gemerkt, daß sie miteinander tuschelten. »Mr. Pitts und Mr. Meeks, je einen Strafpunkt«, rief er streng nach unten. Die Jungen sahen zu Boden. Dann blickten sie sich gegenseitig an, und Pitts rollte mit den Augen.

Wenn Dr. Hager auch alt war, so besaß er doch immer noch scharfe Augen. »Das ist ein weiterer Strafpunkt, Mr. Pitts«, sagte er. Die Jungen, die Dr. Hager aufgerufen hatten, folgten ihm in Rektor Nolans Privatbüro, vorbei an seiner Sekretärin und Ehefrau Mrs. Nolan.

Sie stellten sich vor eine Reihe von Stühlen nebeneinander auf und sahen Rektor Nolan an, der hinter dem Schreibtisch saß, einen Jagdhund an seiner Seite.

»Willkommen, Jungs! Mr. Dalton, wie geht es Ihrem Vater?«

»Es geht ihm gut, Sir«, sagte Charlie.

»Ist ihre Familie schon in das neue Haus eingezogen, Mr. Overstreet?«

»Ja, Sir, etwa vor einem Monat.«

Nolan lächelte knapp. »Wunderbar. Ich hörte, es soll sehr schön sein.« Er streichelte den Hund und steckte ihm etwas zu, während die Jungen nervös warteten.

»Mr. Anderson«, sagte Nolan. »Da Sie hier neu sind, möchte ich Ihnen erklären, daß ich in Welton bestimmte außerplanmäßige Tätigkeitsgebiete nach Verdienst und Wünschen verteile.«

Er sah ihn scharf an. »Diese Tätigkeiten werden genauso ernst genommen wie die Schulaufgaben, nicht wahr, Jungs?«

»Ja, Sir!« sagten die anderen militärisch im Chor.

»Wer zu den erforderlichen Treffs nicht kommt, erhält Strafpunkte. Nun, Mr. Dalton: die Schulzeitung, der Service-Club, Fußball und Rudern. Mr. Overstreet: Welton-Gemeinschaft, die Schulzeitung und Club der Söhne von ehemaligen Schülern. Mr. Perry: Kandidaten der Welton-Gemeinschaft, Chemie-Club, Mathematik-Club, Schuljahrbuch und Fußball. Mr. Cameron: Kandidaten der Welton-Gemeinschaft, Debattierclub, Rudern, Service-Club, Rechtsangelegenheiten und Ehrenrat.«

»Danke sehr, Sir«, sagte Cameron.

»Mr. Anderson, auf der Grundlage Ihrer Zeugnisse in Balincrest: Fußball, Service-Club und Schuljahrbuch. Gibt's noch etwas, was ich erfahren müßte?«

Todd stand da und schwieg. Er wollte zwar etwas sagen, brachte aber kein Wort heraus.

»Sprechen Sie, Mr. Anderson!« sagte Nolan.

»Ich ... würde ... lieber rudern ... Sir«, sagte Todd kaum hörbar. Dabei zitterte er am ganzen Leibe.

»Rudern? Hat er rudern gesagt? Hier steht aber, daß Sie in Balincrest Fußball gespielt haben!«

Todd versuchte wieder etwas zu sagen. »Ja ... das stimmt ... aber ...«, flüsterte er. Schweißtropfen standen ihm auf der Stirn, und er knetete die Hände so kräftig, daß die Knöchel weiß hervortraten. Die anderen Jungen schauten ihn an. Todd kämpfte mit den Tränen.

»Sie werden hier gern Fußball spielen, Anderson. In Ordnung, Jungs. Weggetreten!«

Die Jungen marschierten hinaus. Todd war kreidebleich vor Kummer. Vor der Tür rief Dr. Hager die nächsten fünf Namen auf.

Auf dem Weg über den Campus zu den Unterkünften gesellte sich Neil Perry zu Todd, der allein ging, und reichte ihm die Hand.

»Ich habe gehört, daß wir Zimmerkameraden sind«, sagte er. »Ich bin Neil Perry.«

»Todd Anderson«, antwortete er leise. Schweigend und befangen gingen die Jungen weiter.

»Warum bist du von Balincrest weg?« fragte Neil.

»Mein Bruder war auch hier.«

Neil schüttelte den Kopf. »Ach so, dann bist du DER Anderson.«

Todd zuckte die Achseln und stöhnte. »Meine Eltern wollten, daß ich die ganze Zeit hier zur Schule gehe, aber meine Noten waren nicht gut genug. Ich mußte erst nach Balincrest, um sie zu verbessern.«

»Na, das war wenigstens ein Trostpreis«, sagte Neil lachend. »Hier wird es dir todsicher nicht gefallen.«

»Gefällt mir schon jetzt nicht«, sagte Todd.

Sie gingen in die Eingangshalle der Unterkunft, wo sie auf ein chaotisches Durcheinander von Schülern, Koffern, Schreibmaschinen, Kissen und Plattenspielern stießen.

Am anderen Ende der Halle stand ein Faktotum und bewachte einen Haufen Koffer, die noch nicht abgeholt worden waren. Neil und Todd blieben stehen und suchten nach ihren Habseligkeiten. Neil erspähte seine Koffer und machte sich auf die Suche nach ihrem Zimmer.

»Home, sweet home«, sagte er lachend beim Betreten des kleinen quadratischen Zimmers, das kaum Platz genug für zwei Einzelbetten, zwei Schränke und zwei Schreibtische bot. Er ließ die Koffer auf das eine Bett fallen.

Richard Cameron steckte den Kopf herein. »Habe gehört, du wohnst mit dem Neuen zusammen. Soll eine echte Niete sein.« Plötzlich sagte Cameron: »Ach herrje!« Todd war hereingekommen.

Schnell machte Cameron sich davon. Todd ließ seine Koffer auf das andere Bett fallen und fing mit dem Auspacken an.

»Hör nicht auf Cameron!« sagte Neil. »Der macht immer blöde Sprüche.« Todd zuckte nur die Achseln.

Dann tauchten Knox Overstreet, Charlie Dalton und Steven Meeks im Zimmer auf. »He, Perry«, sagte Charlie, »stimmt das Gerücht, daß du an einem Ferienkurs teilgenommen hast?«

»Ja, in Chemie. Mein Vater meinte, da müsse ich mich noch verbessern.«

»Nun«, sagte Charlie, »Meeks ist ein As in Latein, und ich bin in Englisch nicht gerade eine Niete. Also, wenn du willst, können wir eine Arbeitsgemeinschaft bilden.«

»Klar, aber Cameron hat mich auch gebeten. Habt ihr was dagegen, ihn mit reinzunehmen?«

»Worin ist er gut?« sagte Charlie lachend. »Den Paukern in den Arsch zu kriechen?«

»He«, sagte Neil, »er ist dein Zimmerkamerad!«

»Dafür kann ich doch nichts«, sagte Charlie kopfschüttelnd.

Während die anderen Jungen sich unterhielten, packte Todd den Koffer aus. Steven Meeks ging zu ihm.

»Hei, ich glaube, wir kennen uns noch nicht. Ich bin Steven Meeks.«

Todd reichte ihm schüchtern die Hand. »Todd Anderson.«

Knox und Charlie kamen dazu und reichten ihm auch die Hand.

»Charlie Dalton.«

»Knox Overstreet.«

Todd schüttelte ihnen förmlich die Hand.

»Todds Bruder ist Jeffrey Anderson«, sagte Neil.

Charlie sah ihn sich genauer an und entdeckte die Ähnlichkeit. »Ja, klar. Der war Jahrgangsbester und hielt die Abschiedsrede . . .«

Todd nickte.

»Na, dann willkommen im Höllenloch!« sagte Meeks lachend.

»Es geht hier wirklich so hart zu, wie erzählt wird«, sagte Charlie. »Außer man ist wie Meeks ein Genie.«

»Er sagt mir nur Schmeicheleien, damit ich ihm in Latein helfe.«

Charlie fuhr fort: »Und in Englisch . . .« Meeks lächelte. ». . . und in Trig . . .«

Ein Klopfen an der Tür. »Ist auf!« rief Neil. Aber diesmal war es keiner von ihren Kumpeln.

»Vater«, stammelte Neil und wurde kreidebleich. »Ich dachte, du wärst schon abgefahren!«

3. KAPITEL

Die Jungen sprangen auf. »Mr. Perry«, sagten Meeks, Charlie und Knox wie aus einem Munde.

»Bleibt sitzen, Jungs!« sagte Neils Vater und kam energischen Schritts ins Zimmer. »Wie geht's?«

»Gut, danke, Sir«, antworteten sie.

Mr. Perry stand direkt vor Neil, der unbehaglich von einem Fuß auf den anderen trat. »Neil, ich finde, daß du zu viele Nebentätigkeiten übernommen hast«, sagte er. »Ich sprach mit Mr. Nolan darüber, und er ist damit einverstanden, daß du erst im nächsten Jahr am Schuljahrbuch mitarbeitest.« Damit ging er wieder zur Tür.

»Aber Vater«, rief Neil, »ich bin doch stellvertretender Chefredakteur!«

»Tut mir leid, Neil«, antwortete Mr. Perry steif.

»Aber Vater, das ist nicht fair. Ich . . .«

Neil verstummte mitten im Satz. Mr. Perry hatte ihm einen finsteren Blick zugeworfen. Dann machte er die Tür auf und forderte Neil mit einer Bewegung auf, ihm nach draußen zu folgen.

»Würdet ihr uns wohl einen Moment entschuldigen, Leute?« fragte er höflich. Dann ging er hinter Neil hinaus und schloß die Tür.

Funkelnden Auges fauchte Mr. Perry seinen Sohn an: »Du hast mir vor anderen nicht zu widersprechen, verstehst du mich?«

»Vater«, sagte Neil lahm, »ich habe dir ja nicht widersprochen. Ich . . .«

»Wenn du dein Medizinstudium abgeschlossen hast

und auf eigenen Füßen stehst, kannst du machen, was du willst. Bis dahin wirst du auf MICH hören!«

Neil blickte zu Boden. »Ja, Sir. Entschuldige bitte.«

»Du weißt doch, was das für deine Mutter bedeutet, nicht wahr?« fragte Mr. Perry.

»Ja, Sir.« Neil stand vor seinem Vater und sprach nicht weiter. Vor der Drohung mit Schuld und Sühne machte er stets einen Rückzieher. Schließlich sagte er: »Du kennst mich doch. Ich halse mir immer zuviel auf.«

»Gut, mein Junge. Wenn du irgendwas brauchst, ruf uns an!« Ohne ein weiteres Wort drehte er sich um und ging davon. Neil sah seinem Vater enttäuscht und wütend nach. Warum ließ er sich nur immer von ihm kleinkriegen?

Er öffnete seine Tür und ging wieder ins Zimmer. Die Jungen taten so, als wäre nichts geschehen. Einer wartete darauf, daß der andere etwas sagte. Schließlich brach Charlie das Schweigen.

»Warum läßt er dich nie das tun, was du gern willst?«

»Und warum gibst du ihm nicht mal Kontra?« sagte Knox. »Schlimmer kann es dadurch auch nicht werden.«

Neil fuhr sich über die Augen. »Ach, das ist ja toll«, sagte er höhnisch. »Als ob ihr EUREN Eltern Kontra gäbt, ihr zukünftigen Anwälte und Bankiers!« Die Jungen senkten den Blick. Verärgert raste Neil durchs Zimmer, riß sich das Jahresleistungsabzeichen vom Blazer und schleuderte es wütend auf den Schreibtisch.

»Moment mal«, sagte Knox und ging auf Neil zu. »Ich laß mir von meinen Eltern nicht dumm kommen.«

Neil lachte. »Nein, du machst nur alles, was sie dir sagen! So wahr ich hier stehe, trittst du einmal in die Firma deines alten Herrn ein.« Er wandte sich an Charlie, der sich auf Neils Bett gelegt hatte. »Und du wirst Kredite unterschreiben, bis dir die Gelenke weh tun!«

»Okay«, gab Charlie zu. »Mir gefällt das genausowenig wie dir. Ich meine ja nur . . .«

»Wenn es bei dir ebenso ist, dann erzähle mir gefälligst nicht, wie ich mit meinem Vater umgehen soll!« schimpfte Neil. »Klar?«

Knox seufzte. »Ist klar. Aber was wirst du jetzt machen?«

»Was ich machen muß. Ich habe ja keine Wahl. Ich lasse die Hände vom Jahrbuch.«

»So was würde mir bestimmt keine schlaflosen Nächte verursachen«, sagte Meeks fröhlich. »Am Jahrbuch arbeiten doch nur lauter Kerle, die Eindruck bei Nolan schinden wollen.«

Neil klappte den Koffer zu und ließ sich aufs Bett fallen. »Meinst du, ich mache mir was daraus?« Er schwieg, schob die Hände unters Kissen, legte sich zurück und starrte mit verhangenen Augen an die Zimmerdecke.

Die Jungen saßen mürrisch herum. Sie spürten, wie enttäuscht und traurig Neil war. Wieder brach Charlie das Schweigen. »Ich weiß nicht, wie es mit euch steht«, sagte er. »Aber ich brauche unbedingt einen kleinen Nachhilfeunterricht in Latein. Um 8 Uhr in meinem Zimmer?«

»Klar«, sagte Neil tonlos.

»Du kannst gern auch kommen, Todd«, bot ihm Charlie an.

»Danke«, sagte Todd.

Als sie gegangen waren, stand Neil auf und nahm die weggeworfene Leistungsnadel an sich. Todd packte weiter aus. Er nahm ein gerahmtes Foto seiner Eltern heraus, auf dem sie liebevoll die Arme um einen älteren Jungen gelegt hatten, der offenbar Todds berühmter Bruder Jeffrey war. Neil sah auf das Foto, und es fiel ihm auf, daß Todd sich darauf ein wenig abseits hielt, so als gehörte er nicht ganz dazu. Dann packte Todd eine Schreibgarnitur aus graviertem Leder aus und legte sie auf seinen Tisch.

Neil ließ sich aufs Bett fallen und lehnte den Kopf oben an die Stütze. »Na, was hältst du denn von meinem Vater?« fragte er mit ausdrucksloser Miene.

»Ich stelle ihn über meinen«, sagte Todd leise, fast wie zu sich selbst.

»Was?« wunderte sich Neil.

»Nichts.«

»Todd, wenn du es hier schaffen willst, dann mußt du vor allem lauter sprechen. Den Schwachen mag zwar das Himmelreich gehören, aber nach Harvard kommen sie nicht. Du weißt, was ich meine?« Todd nickte. Er legte gerade ein angeknöpftes weißes Oberhemd mit Streifen zusammen. Neil fuchtelte beim Sprechen mit der Leistungsnadel herum. »Dieser Schweinehund!« schrie er plötzlich und schlug mit dem Daumen auf die Metallspitze der Nadel, daß er zu bluten anfing.

Todd fuhr zusammen. Neil schaute gespannt auf das Blut. Dann zog er die Nadel heraus und schleuderte sie gegen die Wand.

4. KAPITEL

Hell und klar brach der erste Schultag an. Die Jungen der siebten Klasse rannten in die Duschräume, kamen im Laufschritt heraus und zogen sich im Rekordtempo an. Neil klatschte sich kaltes Wasser ins Gesicht und sagte lachend: »Diese Kinder sehen aus, als machten sie sich vor Aufregung gleich in die Hosen.«

»Mir geht es genauso«, gab Todd zu.

»Keine Sorge«, sagte Neil. »Der erste Schultag ist zwar jedesmal anstrengend, aber wir werden ihn schon überstehen. Irgendwie schaffen wir das immer.« Die Jungen zogen sich fertig an und rannten zum Chemiegebäude hinüber. »Hätte nicht so lange schlafen sollen«, sagte Neil. »Jetzt habe ich das Frühstück verpaßt, und mir knurrt der Magen.«

»Mir auch«, sagte Todd. Sie betraten das Chemielabor. Knox, Charlie, Cameron und Meeks waren schon mit einigen anderen Jungen zur Stelle. An der Stirnseite des Raums gab ein Lehrer mit Brille und erkahlendem Schädel umfangreiche Lehrbücher aus.

»Zusätzlich zu den Aufgaben im Text«, sagte er streng, »werden Sie sich jeder drei Laborexperimente aus der Vorschlagsliste wählen und alle fünf Wochen über eins Rechenschaft ablegen. Die ersten 20 Aufgaben am Schluß der ersten Lektion sehen Sie sich bis morgen an.«

Als Charlie das hörte und ins Buch schaute, traten ihm die Augen aus den Höhlen. Er warf einen ungläubigen Blick auf Knox Overstreet, und dann schüttelten sie beide verzweifelt den Kopf.

Todd war der einzige von ihnen, den weder die Aufgaben im Buch noch die Ansprüche des Lehrers zu beunruhigen schienen. Der Lehrer redete immer noch, aber von dem Augenblick, als er »die ersten 20 Aufgaben« erwähnte, hörten die Jungen ihm nicht mehr zu. Endlich läutete es, und fast alle wechselten vom Chemiesaal in Mr. McAllisters Klassenzimmer.

McAllister war wahrscheinlich der einzige Lateinlehrer in der Geschichte der zeitgenössischen Schulbildung, der mit schottischem Akzent sprach. Er verlor keine Zeit und kam sofort zur Sache. Er verteilte die Bücher und fing an. »Wir beginnen mit der Deklination der Hauptwörter«, sagte er. »Agricola, agricolae, agricolae, agricolam, agricola ...« McAllister wanderte im Zimmer umher, während er die lateinischen Wörter aussprach, und die Jungen bemühten sich, mitzukommen.

Nachdem er das 40 Minuten lang so getrieben hatte, blieb McAllister stehen und wandte das Gesicht der Klasse zu. »Morgen werden ich Sie prüfen, ob Sie diese Hauptwörter zu deklinieren gelernt haben, meine Herren. Sie wissen also, was Sie zu tun haben.« Er drehte sich zur Tafel um. Ein allgemeines Stöhnen ging durch das Zimmer. Bevor jedoch McAllister mit Runde 2 beginnen konnte, rettete sie das Läuten.

»Der Kerl ist verrückt!« stöhnte Charlie. »Das kann ich nie im Leben bis morgen lernen.«

»Keine Sorge«, sagte Meeks. »Ich bringe euch das System bei. Wir setzen uns heute abend zum Lernen zusammen. Los, sonst kommen wir zu spät zur Mathestunde!«

Mathematische Zeichnungen schmückten die Wände in Dr. Hagers Klassenzimmer, und die Lehrbücher lagen schon für sie auf den Schreibtischen bereit.

»Das Studium der Trigonometrie erfordert absolute Genauigkeit«, informierte sie Dr. Hager. »Wer eine Hausarbeit nicht ausführt, der erhält einen Punktabzug bei der Abschlußzensur. Ich kann Ihnen nur dringend ans Herz legen, mich in diesem Punkt nicht auf die Probe zu stellen. Wer will freiwillig erklären, was ein Cosinus ist?«

Richard Cameron stand auf und betete herunter: »Der Cosinus ist der Sinus des Komplementärwinkels oder -bogens. Wenn wir den Winkel A messen, dann . . .« Während der gesamten Stunde bombardierte Dr. Hager die Klasse mit mathematischen Fragen. Hände wurden gereckt, Schüler standen auf und setzten sich wieder wie Roboter, sagten ihre Antworten auf und nahmen standhaft strenge Verweise für die dabei gemachten Fehler entgegen.

Es dauerte eine Ewigkeit, bis es läutete. »Gott sei Dank«, stöhnte Todd, als er seine Bücher stapelte. »Ich glaube, ich hätte es keine Minute länger ausgehalten.«

»An den alten Hager gewöhnt man sich«, tröstete ihn Meeks. »Wenn man einmal Tritt gefaßt hat, ist alles halb so wild.«

»Ich bin aber schon sechs Schritte zurück«, klagte Todd, als sie gemeinsam zur nächsten Stunde gingen. Dann sagte er kein Wort mehr. Sie schleppten sich ins Englischzimmer, ließen die Bücher auf die Schreibpulte fallen und sich selbst auf die Stühle.

Vor ihnen saß der neue Englischlehrer. Er trug Hemd und Krawatte, aber kein Jackett. Er schaute aus dem Fenster. Die Jungen setzten sich und warteten. Sie waren dankbar, daß sie sich einen Augenblick ausruhen und den Druck der vergangenen Stunden loswerden konnten. Keating schaute weiterhin aus dem Fenster. Die Jungen begannen unruhig mit den Füßen zu scharren.

Endlich stand Keating auf, nahm ein Lineal in die Hand und schlenderte zwischen den Pultreihen auf und ab. Dann blieb er stehen und blickte einem Jungen ins Gesicht. Der Junge wurde rot. »Es braucht dir doch nicht peinlich zu sein«, sagte er freundlich zu ihm.

Wieder schritt er durchs Zimmer und sah im Vorbeigehen jeden scharf an. »Ja, ja«, sagte er laut und sah Todd Anderson an. »Ja, ja«, sagte er erneut, als er auf Neil Perry zusteuerte.

»Ha!« Mit der freien Hand schlug er gegen das Lineal und begab sich festen Schritts an die Stirnseite des Zimmers. »Ihr geschmeidigen jungen Hirne!« schrie Keating, ließ den Blick über die Klasse schweifen und schwang das Lineal.

Dann sprang er dramatisch auf seinen Schreibtisch und wandte sich von oben der Klasse zu. »O Käpten, mein Käpten!« rezitierte er kraftvoll und sah sich wieder im Zimmer um. »Wer weiß, von wem das ist? Weiß es jemand? Nein?« Er sah sie durchdringend an. Alle schwiegen. Keiner hob die Hand. »Dies, meine jungen Schüler«, sagte er geduldig, »schrieb ein Dichter namens Walt Whitman, und es war als Anrede an Abraham Lincoln gerichtet. Sie werden mich in Zukunft mit Mr. Keating anreden, oder wenn Sie mutiger sind, mit ›O Käpten, mein Käpten‹!«

Er sprang vom Tisch hinunter und nahm wieder die Wanderung zwischen den Pultreihen auf. Dabei fuhr er fort zu sprechen.

»Damit über mich erst gar keine Gerüchte in Umlauf geraten, möchte ich Ihnen sagen, daß ich wirklich vor vielen Monden Schüler dieser Anstalt war, daß ich damals aber noch nicht diese persönliche Ausstrahlung besaß, die ich heute besitze. Wenn Sie jedoch auf die Idee kommen, mir darin nachzueifern, so kann das nur gut für Ihre Englischnoten sein. Holen Sie sich Ihre Lehrbücher, die dahinten liegen, Gentlemen, und dann wollen wir uns in die Ehrenhalle begeben!«

Mit dem Lineal zeigte Keating ihnen den Weg und ging zur Tür hinaus. Die Schüler blieben schweigend sitzen. Sie wußten nicht, was sie tun sollten.

»Es ist besser, wir gehen ihm nach«, sagte Neil und ging der Klasse voran nach hinten. Jeder nahm sich ein Lehrbuch, holte seine übrigen Bücher, und dann gingen sie in die eichegetäfelte Ehrenhalle der Welton-Akademie, wo sie zuletzt auf Rektor Nolan gewartet hatten.

Als die Jungen hereinkamen, ging Keating in der Halle umher. Er betrachtete die Klassenfotos, die an den Wänden hingen und die zum Teil noch aus dem vorigen Jahrhundert stammten. Außerdem schmückten Trophäen jeder Art die Regale und Glaskästen.

Nach einer Weile hatte Keating das Gefühl, daß alle Platz genommen hatten. Nun wandte er sich ihnen zu. Er sah in seine Namensliste. »Mr. Pitts«, sagte er. »Ein unglücklicher Name. Stehen Sie auf, Mr. Pitts!« Pitts stand auf. »Schlagen Sie das Textbuch auf Seite 542 auf, Pitts, und lesen Sie die erste Strophe des Gedichts!«

Pitts blätterte in dem Buch. »›Rat an eine Jungfrau, etwas aus ihrem Leben zu machen‹?« fragte er.

Die übrige Klasse prustete vor Lachen. »Das meine ich«, sagte Mr. Keating.

»Ja, Sir«, sagte Pitts und räusperte sich. Dann las er:

»Pflücke die Knospe, solange es geht,
Und die Blüten, wenn sie noch prangen.
Denn bald sind die Rosenblätter verweht.
Wie schnell kommt der Tod gegangen.«

Er hielt inne. Mr. Keating wiederholte: »›Pflücke die Knospe, solange es geht.‹ Der lateinische Ausdruck für dieses Gefühl lautet *Carpe diem*. Weiß jemand, was das heißt?«

»Carpe diem«, sagte Meeks, das As in Latein. »Nutze den Tag!«

»Sehr gut, Mr. . . .?«

»Meeks.«

»Nutze den Tag«, sagte Keating noch einmal. »Warum hat der Dichter diese Verse geschrieben?«

»Weil er es eilig hatte!« rief ein Schüler. Die anderen wieherten vor Lachen.

»Nein, nein, nein! Sondern weil wir Nahrung für die Würmer sind, Jungs!« schrie Keating. »Weil wir Frühjahr, Sommer und Herbst nur in begrenzter Anzahl erleben werden. Es ist kaum zu glauben, aber eines Tages wird jeder einzelne von uns aufhören zu atmen, wird erkalten und sterben!«

Er machte eine dramatische Pause. »Stehen Sie auf, drängte er die Schüler, »und lesen Sie in den Gesichtern dieser Jungen, die die Schule hier vor 60, 70 Jahren besucht haben! Seien Sie nicht schüchtern! Sehen Sie sie sich an!«

Die Jungen standen auf und gingen zu den Klassenfotos, die rings an den Wänden der Ehrenhalle hingen. Sie blickten in die Gesichter junger Männer, die ihnen aus der Vergangenheit entgegensahen.

»Sie sehen kaum anders aus als Sie, nicht wahr? Aus ihren Augen strahlt Hoffnung, wie bei Ihnen. Sie halten sich für wunderbare Dinge bestimmt, genau wie viele von Ihnen. Nun, wohin sind diese lächelnden Gesichter verschwunden? Was wurde aus ihren Hoffnungen?«

Mit ernsten und nachdenklichen Mienen betrachteten die Jungen die Fotos. Keating ging rasch herum und zeigte von einem Foto zum nächsten.

»Haben die meisten von ihnen nicht gewartet, bis es zu spät war, um in ihrem Leben nur ein Quentchen von dem zu verwirklichen, wessen sie fähig waren? Sie jagten dem allmächtigen Götzen Erfolg nach – haben sie dadurch nicht die Träume ihrer Jugend verraten? Jetzt besehen sich die meisten dieser Gentlemen die Radieschen von unten! Doch wenn ihr sehr nahe herangeht, Jungs, dann hört ihr sie flüstern. Gehen Sie näher heran!« forderte er sie auf. »Lauschen Sie! Los! Hören Sie es? Ja?« Die Jungen waren still, und einige neigten das Ohr zu den Fotos. »Carpe diem«, flüsterte Keating. »Nutze den Tag! Macht etwas Ungewöhnliches aus eurem Leben!«

Todd, Neil, Knox, Charlie, Cameron, Meeks, Pitts und alle anderen Jungen schauten, in Gedanken verloren, auf die Fotos an den Wänden, bis das Läuten sie jäh dabei störte.

Pitts sammelte seine Bücher ein. »Seltsam«, sagte er.

»Aber mal was anderes«, sagte Neil nachdenklich.

»Gespenstisch«, sagte Knox und schauderte leicht, als er die Halle verließ.

»Ob er uns eine Prüfungsarbeit darüber schreiben läßt?« fragte Cameron unsicher.

»Ach, komm, Cameron«, sagte Charlie lachend. »Du begreifst wohl überhaupt nichts?«

5. KAPITEL

Nach dem Mittagessen ging es in die Turnhalle zur unvermeidlichen Sportstunde.

»Okay, Gentlemen«, schrie der Sportlehrer, »wir wollen mal sehen, was sich aus Ihren lahmen Körpern noch herausholen läßt. Laufen Sie in der Halle rundherum! Nach jeder Runde bleiben Sie stehen und fühlen Ihren Puls! Wenn Sie ihn nicht finden, helfe ich Ihnen.«

Die Jungen stöhnten. Dann fingen sie an zu laufen. Die Halle war riesengroß. Der Sportlehrer lehnte sich, vergnügt lachend, an die Wand und beobachtete die Läufer.

»Hastings, ein bißchen schneller, wenn ich bitten darf!« rief er einem Jungen zu. »Wir wollen Sie von Ihrem überflüssigen Fett befreien. Und jetzt prüfen Sie Ihren Puls!«

Gleich darauf lobte er: »Gut gelaufen, Overstreet! Sie haben einen flotten Schritt.« Knox winkte dem Lehrer im Vorbeilaufen lächelnd zu.

Keiner glaubte, daß sie das die ganze Schulstunde lang durchhalten würden, aber zum Schluß staunten sie über sich selbst.

»Ich bin halbtot!« keuchte Pitts später unter der Dusche. »Der Kerl sollte eine Militärakademie leiten!«

»Ach, komm, Pitts«, sagte Cameron lachend, »das tut dir doch gut.«

»Du hast leicht reden«, schrie Pitts zurück. »Auf dich hat der Kerl ja nicht geachtet!« In diesem Augenblick schlenderte der Sportlehrer durch den Duschraum, um nach dem Rechten zu sehen, und Pitts drehte sich schnell mit dem Gesicht zur Wand.

»Wie steht's mit einer Arbeitsgruppe?« rief Meeks unter der Dusche hervor. »Gleich nach dem Abendessen.«

»Super! Ich bin dabei!« riefen mehrere Jungen.

»Heben Sie Ihre Seife auf, Harrison!« sagte der Sportlehrer. »Sie da!« Er zeigte auf einen anderen Jungen. »Beeilen Sie sich mal etwas beim Abtrocknen!«

»Bedauere, Meeks, ich kann nicht kommen«, sagte Knox. »Ich bin von den Danburrys zum Abendessen eingeladen.«

»Wer sind denn die Danburrys?« fragte Pitts.

Cameron stieß einen Pfiff aus. »Bedeutende Ehemalige. Wie bist du denn an die gekommen?«

Knox zuckte die Achseln. »Sie sind Freunde meines Vaters. Wahrscheinlich schon über 90 oder so.«

»Hör mal«, sagte Neil lachend. »Alles ist besser als der Schlangenfraß, den man uns hier vorsetzt.«

»Ganz meine Ansicht!« rief Charlie.

Die Jungen zogen sich fertig an, warfen die Sportsachen in die Spinde und drängten hinaus. Todd saß noch still auf der Bank und zog sich langsam einen Socken an.

»Möchte mal wissen, was du denkst«, sagte Neil immer noch lachend und setzte sich neben ihn.

»Ach, unwichtig«, sagte Todd kopfschüttelnd.

»Kommst du mit zur Arbeitsgruppe?« fragte Neil.

Todd lächelte. »Nein, danke, ich ... ich möchte lieber Geschichte pauken.«

»Okay, aber du kannst es dir immer noch anders überlegen«, antwortete Neil. Er nahm seine Bücher und ging aus der Sporthalle. Todd sah ihm nach und schaute dann wieder ins Leere. Er zog sich die Schuhe an, nahm seine Bücher auf und ging langsam in die Unterkunft zurück.

In der Ferne sah Todd die blutrote Sonne hinter der

grünen Linie der Bäume versinken, die das weiträumige Gelände umgaben. »So groß ist hier alles«, sagte er seufzend und blickte sich um. »Und doch ist es so eng.«

In der Halle des Wohngebäudes lächelte er mehreren Jungen im Vorbeigehen zu, begab sich aber sofort in sein Zimmer und schloß rasch die Tür. Er legte die Bücher auf den Schreibtisch, seufzte wieder laut und setzte sich.

»Kann es gar nicht glauben, daß ich das alles lernen soll«, sagte er und sah den Stapel Bücher durch. Dann schlug er das Geschichtsbuch auf, nahm ein Notizbuch zur Hand und starrte auf die erste leere Seite. Geistesabwesend schrieb er in großen schwarzen Buchstaben darauf: NUTZE DEN TAG!

»Nutze den Tag?« fragte er laut. »Aber wie?« Er seufzte wieder, riß die Seite aus dem Notizbuch und warf sie in den Papierkorb. Er blätterte im Geschichtsbuch bis zu einer bestimmten Seite und vertiefte sich dann in den Text.

»Fertig, Overstreet?« fragte Dr. Hager. Er war gerade in die Ehrenhalle gekommen, wo Knox Overstreet wieder einmal die Fotos ehemaliger Welton-Schüler studierte.

»Ja, Sir«, antwortete er. »Danke, Sir.« Dann folgte er Dr. Hager zu dem Kombiwagen mit getäfelter Inneneinrichtung hinaus, der vor dem Gebäude parkte. Die flammenden Farben des Vermonter Herbstes waren bereits von der Dunkelheit gemildert. »Es ist schön, wenn die Blätter im Herbst Farbe bekommen, nicht wahr, Dr. Hager?« sagte Knox begeistert.

»Farbe? O ja«, murmelte Dr. Hager und fuhr den alten Wagen zu dem weiträumigen Landhaus, in dem die vornehme Danburry-Familie wohnte.

Knox lächelte. »Vielen Dank fürs Herbringen, Dr. Hager. Die Danburrys haben versprochen, mich wieder zurückzufahren.«

»Aber nicht später als bis neun, mein Junge«, sagte der alte Lehrer feierlich.

»Ja, Sir.« Knox drehte sich um, ging zur Tür des großen weißen Hauses im Kolonialstil und drückte auf die Klingel. Ein schönes Mädchen in kurzem Tennisröckchen machte auf. Sie war vielleicht ein bißchen älter als er.

»Hei«, sagte sie lächelnd. Ihre blauen Augen hatten einen sanften Schimmer.

Knox war vor Überraschung sprachlos. »Ah . . . hei«, brachte er schließlich heraus.

»Willst du Chet besuchen?« fragte sie. Er starrte sie eine Zeitlang an. Er konnte nicht anders, er mußte sie von Kopf bis Fuß mustern. Sie hatte eine sportliche Figur. »Chet«, wiederholte sie lachend. »Willst du Chet besuchen?«

Eine Frau im mittleren Alter steckte den Kopf neben dem Mädchen zur Tür heraus. »Mrs. Danburry?« stammelte Knox.

Janette Danburry lächelte. »Knox, komm rein! Wir warten schon auf dich!« Das Mädchen war bereits zur großen Treppe im Inneren des Hauses gegangen.

Knox ging hinter Mrs. Danburry hinein, aber seine Blicke folgten dem Mädchen, das, immer zwei Stufen nehmend, die Treppe hinauflief.

Mrs. Danburry ging in die große, holzgetäfelte Bibliothek. »Joe«, sagte sie zu einem elegant gekleideten Mann etwa um die 40. »Das ist Knox.«

Joe reichte ihm die Hand und lächelte freundlich. »Schön, dich zu sehen. Komm rein! Joe Danburry.«

»Erfreut, Sie kennenzulernen«, sagte Knox lächelnd. Es fiel ihm schwer, nicht mehr zur Treppe zu blicken.

»Du bist deinem Vater wie aus dem Gesicht geschnitten«, sagte er. Dann bot er Knox ein Glas Sodawasser an und fragte: »Wie geht es ihm?«

»Sehr gut«, bestätigte Knox. »Hat gerade einen großen Prozeß für General Motors geführt.«

Joe lachte. »Na, ich kann mir schon denken, was du später einmal werden willst. Wie der Vater, so der Sohn, was? Kennst du schon unsere Tochter Virginia?«

»Ach, das war Ihre Tochter?« fragte Joe begeistert und zeigte zur Treppe.

Plötzlich erhob sich ein nett, aber ziemlich durchschnittlich aussehendes Mädchen von 15 Jahren. Sie hatte in einer anderen Ecke des Zimmers auf dem Fußboden gesessen. Dort lagen auch ihre Bücher und mehrere Blätter mit sauber geschriebenen Notizen verstreut. »Virginia, sag guten Tag!« forderte Mr. Danburry sie auf.

Sie wandte sich an Knox. »Ich bin Ginny«, sagte sie. »Hei.« Sie lächelte schüchtern.

»Hallo«, sagte Knox nach einem flüchtigen Blick auf Ginny. Dann sah er wieder zur Treppe hinüber, und sein Blick heftete sich an das Paar schlanker Beine, das da zu sehen war. Er hörte ein Kichern aus dieser Richtung und drehte sich befangen wieder zu Ginny um.

»Setz dich, setz dich!« sagte Mr. Danburry und deutete auf einen bequemen Ledersessel. »Hat dein Vater dir schon mal von dem Prozeß erzählt, den wir beide gemeinsam geführt haben?«

»Wie bitte?« fragte Knox geistesabwesend. Jetzt kam das Mädchen im Tennisröckchen mit einem hochgewachsenen, athletisch wirkenden jungen Mann die Treppe herunter.

»Davon hat er dir nicht erzählt?« fragte Mr. Danburry lachend.

»Äh, nein«, sagte Knox. Er konnte den Blick nicht von

dem Mädchen wenden. Gerade als Mr. Danburry sich an die Geschichte erinnerte, kam sie mit dem jungen Mann ins Zimmer.

»Wir saßen wirklich in der Klemme«, entsann er sich. »Ich war sicher, daß ich meinen bisher größten Fall verlieren würde. Dann kam dein Vater zu mir und sagte, er könne einen Vergleich erreichen – aber nur wenn ich ihm das gesamte Honorar überließe, das unser Klient zu zahlen hatte! Dieser Teufelskerl!« Er schlug sich aufs Knie. »Weißt du, was ich da gemacht habe?«

»Hä, ja?« fragte Knox.

»Ich überließ es ihm!« rief er laut. »Ich war so verzweifelt, daß ich deinem Vater das gesamte Honorar überließ!« Knox bemühte sich, mit dem hysterisch lachenden Mr. Danburry einigermaßen mitzuhalten. Aber sein Blick ging wieder zu dem Paar, das in der Tür stand.

»Dad«, fragte der junge Mann, »kann ich den Buick nehmen?«

»Warum nimmst du nicht dein Auto?« fragte Joe. »Überhaupt, Chet, was ist das für ein Benehmen? Knox, dies ist mein Sohn Chet, dies seine Freundin Chris Noel. Das ist Knox Overstreet.«

»Wir kennen uns sozusagen schon«, sagte Knox und starrte Chris an. »Beinahe.«

Chris sagte lächelnd: »Ja, stimmt.«

»Hei«, sagte Chet völlig uninteressiert.

Mrs. Danburry stand auf. »Entschuldigt mich, ich muß mal nach dem Essen sehen.«

»Hör mal, Dad, warum machst du aus dem Wagen so 'ne große Angelegenheit?« fragte Chet.

»Weil ich dir den Sportwagen geschenkt habe, und plötzlich willst du dauernd meinen Wagen haben.«

»Chris' Mom fühlt sich beruhigt, wenn wir in einem

größeren Wagen fahren. Stimmt doch, Chris, nicht wahr?« Chet lächelte sie vielsagend an, und Chris wurde rot.

»Laß doch, Chet, ist ja schon gut«, sagte sie.

»Es ist nicht gut. Hör mal, Dad . . .« Joe ging aus dem Zimmer, Chet hinter ihm her. »Hör mal, Dad, du brauchst doch den Buick heute abend nicht. Warum kann ich ihn dann nicht nehmen?«

Während die Diskussion in der Halle weiterging, standen Knox, Ginny und Chris verlegen in der Bibliothek herum.

»Ja, äh, wo geht ihr denn zur Schule?« fragte Knox.

»Ridgeway High School«, sagte Chris. »Und wie ist es bei dir in Henley Hall, Gin?«

»Okay«, sagte Ginny knapp.

»Das ist eure Schwesterschule, nicht wahr?« fragte Chris und sah Knox an.

»Sozusagen.«

»Ginny, machst du bei dem Theaterstück der Henley Hall mit?« fragte Chris, um dann Knox zu erklären: »Sie spielen den *Sommernachtstraum*.«

Ginny zuckte die Achseln. »Vielleicht.«

»Ach, und wie hast du Chet kennengelernt?« wollte Knox von Chris wissen. Beide Mädchen starrten ihn an. »Ich meine, äh . . .«, stotterte er.

»Chet spielt in der Football-Mannschaft von Ridgeway, und ich leite die Fantruppe der Mädchen«, erklärte Chris. »Früher war er in Welton, da ist er aber durchgefallen.« Sie wandte sich an Ginny. »Du solltest mitspielen, Gin, du wärst bestimmt gut.«

Chet erschien in der Tür. Ginny sah schüchtern zu Boden. »Chris, wir haben ihn«, sagte er lächelnd. »Gehen wir!«

»Nett, dich kennenzulernen, Knox.« Chris lächelte wieder. Dann ging sie Hand in Hand mit Chet aus dem Zimmer. »Bye, Gin.«

Mit Mühe brachte Knox heraus: »Nett, dich kennenzulernen, Chris.«

»Setzen wir uns doch, bis das Essen soweit ist!« schlug Ginny vor. Danach trat verlegenes Schweigen ein. »Chet wollte den Buick nur haben, damit sie irgendwo parken können«, vertraute sie ihm errötend an. Ein treffenderer Ausdruck war ihr nicht eingefallen.

Durchs Fenster sah Knox, wie Chris und Chet in den Buick einstiegen, um sich im Inneren lange und innig zu küssen. Sein Herz schlug voll Neid.

Zwei Stunden später wankte Knox in den Aufenthaltsraum der Unterkunft, wo Neil, Cameron, Meeks, Charlie und Pitts Mathe gepaukt hatten. Im Laufe des Abends hatten sich Pitts und Meeks aber abgesondert. Sie waren dabei, ein Detektorradio zusammenzubauen. Knox ließ sich auf eine Couch fallen.

»Wie war das Essen?« fragte Charlie. »Du siehst aus wie nach einem Bombenangriff. Was gab es denn da? Auch einen Schlangenfraß?«

»Es war schrecklich«, sagte Knox in weinerlichem Ton. »Entsetzlich! Ich habe gerade das schönste Mädchen kennengelernt, das mir im ganzen Leben begegnet ist!«

Neil sprang auf, ließ die Arbeitsgruppe sitzen und kam zur Couch gerannt. »Bist du verrückt? Was soll denn daran entsetzlich sein?«

»Daß sie praktisch mit Chet Danburry verlobt ist«, stöhnte Knox. »Und der ist Mr. Superman persönlich.«

»Das ist aber schade«, sagte Pitts.

»Schade! Das ist nicht schade, das ist eine Tragödie!«

schrie Knox. »Warum muß sie mit so einem Knallkopp verlobt sein?«

»Die duften Mädchen fliegen alle auf Knallköppe«, stellte Pitts gelassen fest. »Das weißt du doch! Vergiß sie! Hol dein Trigonometrie-Buch heraus und löse Aufgabe 12!«

»Ich kann sie nicht vergessen, Pitts! Und mit Mathe kann ich mich jetzt schon gar nicht beschäftigen!«

Meeks lachte laut. »Na klar kannst du das. Hast doch heute nach der kürzesten Verbindung zwischen zwei Punkten gesucht – damit bist du doch schon bei der Trigonometrie!«

»O Meeks«, sagte Cameron kopfschüttelnd, »das war aber schwach.«

Meeks grinste verlegen. »Ich dachte, es wäre komisch.«

Knox war auf und ab gegangen. Jetzt blieb er stehen und sah seine Freunde an. »Ihr meint wirklich, ich solle sie vergessen?«

»Hast du denn eine andere Wahl?« fragte Pitts.

Knox fiel vor Pitts auf die Knie, als wollte er ihm einen Heiratsantrag machen. »Nur du, Pittsie!« flehte er mit übertriebenen Seufzern. »Es gibt nur dich!« Pitts schob ihn weg, und Knox ließ sich in einen Sessel fallen. Die anderen machten sich wieder an die Mathe-Aufgaben.

»So, Leute, das reicht für heute abend«, sagte schließlich Meeks und hob die Arbeitsgruppe auf. »Der morgige Tag bringt neue Arbeit, keine Angst!«

»Sag mal, was war denn mit Todd?« fragte Cameron, während sie ihre Bücher zusammensuchten.

»Hat gesagt, er will Geschichte pauken«, sagte Neil.

»Los, komm, Knox!« sagte Cameron. »Du wirst die Sache mit der Mieze überleben. Vielleicht fällt dir auch was ein, wodurch du ihre Liebe erringen kannst. Du weißt doch: Nutze den Tag!« Knox stand lächelnd auf und folgte den anderen Jungen.

Am nächsten Morgen saß John Keating auf einem Stuhl neben seinem Schreibtisch. Er schien in stiller, ernster Stimmung zu sein.

»Jungs«, sagte er, als es zu Beginn der Stunde läutete, »schlagen Sie Pritchards Buch auf Seite 12 der Einleitung auf! Mr. Perry« – er machte eine einladende Handbewegung zu Neil hin –, »würden Sie freundlicherweise den ersten Absatz des Vorworts mit dem Titel ›Vom Verständnis der Dichtkunst‹ vorlesen?«

Die Jungen fanden die angegebene Seite und lasen schweigend den Text mit, den Neil laut vorlas: »›Vom Verständnis der Dichtkunst von Dr. J. Evans Pritchard. Um zum vollen Verständnis der Dichtkunst zu gelangen, müssen wir uns zuerst mit den Versformen, dem Reim und der Ausdrucksweise vertraut machen. Danach stellen wir uns zwei Fragen. Erstens: Wie groß war die Kunstfertigkeit, mit der die Absicht dieses Gedichts erreicht wurde? Und zweitens: Wie bedeutend ist diese Absicht? Frage eins zielt auf die Perfektion des Gedichts, Frage zwei auf seine Gewichtigkeit. Sobald man diese Fragen beantwortet hat, zeigt es sich, daß die Beurteilung der Größe eines Gedichts eine verhältnismäßig einfache Sache ist. Man braucht nur die Perfektion des Gedichts auf einer horizontalen Linie zu bestimmen, während man seine Gewichtigkeit auf einer senkrecht darauf errichteten Linie einzeichnet. Die dabei abgesteckte Fläche ergibt den Maßstab für die Größe des Gedichts. Ein Sonett von Byron könnte auf der senkrechten Linie recht hoch reichen, wäre aber auf der horizontalen nur Durchschnitt.

Hingegen würde ein Sonett von Shakespeare auf beiden Linien ein hohes Maß erreichen und damit eine viel größere Fläche abdecken, woraus hervorgeht, daß es sich um ein wirklich großes Gedicht handelt.‹«

Während Neil vorlas, erhob sich Keating und ging an die Tafel. Er zeichnete ein Diagramm und demonstrierte an Hand von Linien und schraffierten Flächen, wie das Shakespeare-Gedicht dem Byron-Gedicht den Rang ablaufen würde.

Neil las weiter: »›Bei der Beschäftigung mit den Gedichten dieses Buches sollten Sie diese Methode als Maßstab anwenden. In dem Maße, in dem Ihre Fähigkeit zur Beurteilung von Gedichten wächst, wird auch Ihr Vergnügen und Ihr Verständnis für die Dichtkunst wachsen.‹«

Neil war fertig. Keating wartete noch eine Weile, um die Lektion einsickern zu lassen. Danach griff sich Keating an die Kehle und begann erbärmlich zu schreien. »AAARRRRSCH!« schrie er. »Kehricht! Abfall! Müll! Reißen Sie es aus Ihrem Buch! Vorwärts, reißen Sie die ganze Seite aus! Ich will, daß dieser Mist in den Papierkorb kommt, wo er hingehört!«

Er schnappte den Papierkorb und marschierte mit ihm dramatisch durch die Gänge. Bei jedem Jungen blieb er stehen und wartete, bis er die herausgerissene Buchseite in den Papierkorb geworfen hatte. Die ganze Klasse wieherte vor Lachen.

»Reißen Sie die Seite sauber heraus!« mahnte Keating. »Ich will, daß nichts davon übrigbleibt! Dr. J. Evans Pritchard, Sie sind abscheulich!« Das Gelächter wurde noch lauter und erregte auf der anderen Seite der Halle die Aufmerksamkeit des schottischen Lateinlehrers, Mr. McAllister. Er kam aus seinem Zimmer und sah durch das Fenster in der Tür zu, wie die Jungen die Seiten aus ihren Büchern rissen. Alarmiert zog er die Tür auf und stürmte in Mr. Keatings Klassenzimmer.

»Was zum Geier . . .«, begann McAllister. Aber da erblickte er Keating mit dem Papierkorb in der Hand. »Entschuldigung, Mr. Keating, ich dachte, Sie wären nicht hier.« Verwirrt und verlegen trat er den Rückzug an. Leise schloß er dann von draußen die Tür.

Keating stolzierte wieder zur Stirnseite des Zimmers, stellte den Papierkorb auf den Fußboden und sprang mit beiden Beinen hinein. Die Jungen lachten noch lauter. Funken tanzten in Keatings Augen. Er stampfte mehrmals auf dem Papier herum. Dann stieg er heraus und schob den Korb mit dem Fuß weg.

»Das ist eine Schlacht, Jungs!« rief er. »Das ist Krieg! Jetzt seid ihr an einem Kreuzweg. Entweder unterwerft ihr euch dem Druck des akademischen *hoi polloi,* und die Trauben werden am Rebstock verdorren – oder ihr werdet als Persönlichkeiten triumphieren.«

In verändertem Tonfall fuhr er fort: »Haben Sie keine Sorge, Sie werden in meiner Stunde lernen, was die Schule von Ihnen erwartet! Wenn ich jedoch meine Aufgabe richtig erfülle, werden Sie noch eine Menge mehr lernen. Zum Beispiel werden Sie lernen, Sprache und Worte zu genießen, denn was immer man Ihnen auch erzählen wird, Worte und Ideen haben die Kraft, die Welt zu verändern. Ich habe gerade den Ausdruck *hoi polloi* benutzt. Weiß jemand, was das heißt? Na los, Overstreet, Sie Dummkopf!«

Die Klasse lachte. »Anderson, sind Sie ein Mann oder eine Beule?« Wieder lachte die Klasse, und alle schauten auf Todd. Er verkrampfte sichtbar, brachte kaum ein Wort heraus, sondern schüttelte nur hektisch den Kopf und stieß hervor: »Nein.«

Meeks hob die Hand. »*Der hoi polloi.* Heißt das nicht soviel wie ›der Pöbel‹?«

»Genau, Meeks«, sagte Keating. »Der griechische Ausdruck für Pöbel. Allerdings muß ich Sie darauf aufmerksam machen: wenn Sie sagen *›der hoi polloi‹*, so sagen Sie eigentlich ›Pöbel‹ mit doppeltem Artikel, und damit verraten Sie, daß Sie selber auch zum *hoi polloi* zählen!«

Keating grinste schief, und Meeks lächelte. Der Lehrer ging durchs Zimmer bis zur hinteren Wand. »Nun mag Mr. Pitts einwenden, daß die Literatur des 19. Jahrhunderts nichts mit dem Studium der Volkswirtschaft oder der Medizin zu tun hat. Er glaubt, wir sollten unseren J. Evans Pritchard studieren, unsere Reime und Versmaße lernen und in aller Stille unseren anderen Ambitionen nachgehen.«

Pitts schüttelte lächelnd den Kopf. »Wer, ich?« fragte er.

Keating schlug mit der Faust an die Wand hinter sich, und es dröhnte wie eine Trommel im Zimmer. Die Klasse fuhr hoch und drehte sich um. »Nun«, flüsterte Keating herausfordernd. »Ich sage – Gefasel! Man liest Gedichte, weil man zur menschlichen Rasse gehört und die menschliche Rasse voller Leidenschaft ist! Medizin, Recht, Bankwesen – sie sind alle notwendig, um uns am Leben zu erhalten. Aber Dichtkunst, Romantik, Liebe, Schönheit? Für sie leben wir!«

Und er fuhr fort: »Ich zitiere Whitman:

»Oh ich, oh Leben! auf alle diese
wiederkehrenden Fragen,
Auf diesen unendlichen Zug der Ungläubigen,
auf die Städte, die voller Narren sind,
Was habe ich darauf für eine Antwort –
oh ich, oh Leben?
Dies aber ist die Antwort:
Du bist hier, damit das Leben blüht

und die Persönlichkeit,
Damit das Spiel der Mächte weitergeht
und du deinen Vers dazu beitragen kannst.«

Keating hielt inne. Die Klasse saß schweigend da und nahm den Sinn des Gedichts in sich auf. Keating ließ den Blick über sie schweifen und wiederholte in ehrfurchtsvollem Ton: »Damit das Spiel der Mächte weitergeht und du deinen Vers dazu beitragen kannst.«

Er schwieg. Dann schritt er langsam von der hinteren Wand zu seinem Schreibtisch vor. Alle Blicke hingen wie gebannt an seinem verzückten Gesicht. Wieder sah Keating sich um. »Wie werden *Ihre* Verse lauten?« fragte er eindringlich.

Der Lehrer wartete lange Zeit. Dann sagte er in nüchternem Ton: »Wir wollen Seite 60 aufschlagen und Woodsworths Meinung über die Romantik vernehmen.«

6. KAPITEL

Am Eßtisch der Lehrer zog sich McAllister einen Stuhl neben Keating heran und nahm Platz. »Sie haben doch nichts dagegen?« fragte er, ließ seinen mächtigen Körper auf den Stuhl plumpsen und winkte dem Kellner.

»Im Gegenteil«, sagte Keating lächelnd. Er überblickte den Saal der Schüler, die, alle im Blazer, das Mittagessen einnahmen.

»Sie hielten da heute einen höchst interessanten Unterricht ab, Mr. Keating«, sagte McAllister ironisch.

Keating blickte auf. »Entschuldigen Sie, wenn ich sie erschreckt habe.«

»Nichts zu entschuldigen«, sagte McAllister kopfschüttelnd und machte sich über den Schlangenfraß des heutigen Tages her. »Es war ganz faszinierend, aber völlig fehl am Platz.«

Keating hob die Augenbrauen. »Meinen Sie?«

McAllister nickte. »Zweifellos. Sie gehen da ein großes Risiko ein, John, wenn sie ihnen weismachen, sie wären Künstler. Sobald sie merken, daß sie doch keine Rembrandts, Shakespeares oder Mozarts sind, werden sie es Ihnen furchtbar übelnehmen.«

»Nicht Künstler, George«, sagte Keating. »Das haben Sie in den falschen Hals gekriegt. Freidenker!«

»Ach«, sagte McAllister, »Freidenker mit 17!«

»Ich hätte nie gedacht, daß Sie ein Zyniker sind«, sagte Keating und trank einen Schluck Tee.

»Kein Zyniker, mein Junge«, sagte McAllister überlegen. »Ein Realist! Man zeige mir ein Herz, das keine Narrenträume hegt, und ich sehe einen glücklichen Menschen vor mir!« Er unterbrach sich und wartete, bis er den Bissen herunter hatte. »Aber ich höre mir Ihren Unterricht gern mit an, John«, sagte er schließlich. »Ganz bestimmt.«

Keating grinste vergnügt. »Hoffentlich sind Sie da nicht der einzige«, sagte er und sah zu einigen seiner Jungen hinüber, die in der Nähe saßen.

Die Jungen drehten sich alle um, als Neil Perry in den Speisesaal kam. Rasch setzte er sich zu ihnen.

»Leute, das glaubt ihr mir nicht!« sagte er, noch außer Atem: »Ich habe in der Bibliothek dieses alte Jahrbuch gefunden.« Neil warf einen Blick zu Keating hinüber, der sich am Lehrertisch in angeregter Unterhaltung mit Mr. McAllister befand. Dann schlug er das Jahrbuch auf und las vor: »Kapitän der Fußballmannschaft, Herausgeber des Jahrbuchs, Studienplatz in Cambridge, ein Mann, der wohl alles fertigbringt, was er sich vornimmt, Frauenheld und Mitglied im Club der toten Dichter.«

Die anderen griffen nach dem Jahrbuch. Charlie lachte. »Frauenheld? Mr. K. war also ein toller Kerl. Wie schön für ihn!«

»Was ist denn der Club der toten Dichter?« fragte Knox und blätterte in dem Buch mit den alten Fotos von Keatings Welton-Klasse.

»Sind da irgendwelche Gruppenfotos drin?« erkundigte sich Meeks.

»Von dem Club nicht«, sagte Neil und studierte die Bildunterschriften. »Er wird auch sonst nicht mehr erwähnt.«

Neil blätterte noch im Jahrbuch, als Charlie ihn mit dem Bein anstieß. »Nolan«, zischte er ihm zu. Der Rektor kam auf sie zu. Unter dem Tisch gab Neil das Buch an Cameron weiter, der es sofort Todd reichte. Todd sah ihn fragend an. Dann nahm er es entgegen.

»Na, schmeckt Ihnen die Schule wieder, Mr. Perry?« fragte Nolan und blieb einen Augenblick an dem Tisch der Jungen stehen.

»Ja, Sir, sehr sogar«, sagte Neil.

»Und unser Mr. Keating? Findet ihr ihn interessant, Jungs?«

»Ja, Sir«, sagte Charlie. »Darüber haben wir uns gerade unterhalten, Sir.«

»Gut«, sagte Nolan zustimmend. »Wir freuen uns sehr, ihn zu haben. Er war Rhodes-Stipendiat, müßt ihr wissen.« Die Jungen nickten lächelnd.

Nolan ging an einen anderen Tisch. Todd holte das Jahrbuch unterm Tisch hervor. Da er mit dem Essen fertig war, blätterte er es auf dem Schoß durch.

Als sie aufstanden, um hinauszugehen, sagte Neil zu Todd: »Ich brauche das Jahrbuch wieder.«

»Was willst du denn damit?« fragte Todd mit leichtem Zögern.

»Ein paar Recherchen anstellen«, sagte Neil und lächelte selbstgefällig.

Nach Unterrichtsschluß gingen Neil, Charlie, Meeks, Pitts, Cameron und Todd zusammen zu den Unterkünften. Plötzlich sahen sie Mr. Keating, mit Sportsakko und Schal, einen Stoß Bücher unter dem Arm, über den Rasen gehen.

»Mr. Keating?« rief Neil ihm nach. »Sir? O Käpten, mein Käpten?!« Keating blieb stehen und wartete, bis die Jungen ihn eingeholt hatten. »Sir, was war der Club der toten Dichter?« fragte Neil. Für den Bruchteil einer Sekunde zog eine feine Röte über Keatings Gesicht. »Ich habe zufällig in ein altes Jahrbuch geguckt«, erklärte Neil, »und da . . .«

»Recherchieren ist nie verkehrt«, sagte Keating, der die Fassung wiedergewonnen hatte.

Die Jungen warteten darauf, daß er mehr dazu sagen würde. »Aber was war das denn für ein Club?« bedrängte ihn Neil.

Keating blickte sich um. Er wollte sichergehen, daß niemand sie beobachtete. Fast flüsternd sagte er: »Eine Geheimorganisation. Ich weiß nicht, wie die gegenwärtige Leitung dazu stände. Aber ich bezweifle, daß sie ihr Wohlwollen entgegenbringen würde.« Er spähte über das Schulgelände. Die Jungen hielten den Atem an. »Könnt ihr ein Geheimnis bewahren?« Sie nickten, ohne zu zögern. »Der Club der toten Dichter war dazu ausersehen, das Mark des Lebens einzusaugen. Der Satz ist von Thoreau und wurde bei jedem Treffen feierlich rezitiert«, erklärte er. »Wir waren eine kleine Gruppe, trafen uns in einer alten Höhle und lasen uns abwechselnd Shelley, Thoreau, Whitman und eigene Verse vor – und der Zauber dieses Augenblicks übte seine Wirkung auf uns aus.« Keatings Augen glänzten in der Erinnerung.

»Sie meinen, da saßen eine Horde Jungs beisammen und lasen sich gegenseitig Gedichte vor?« fragte Knox verwundert.

Keating lächelte. »Es nahmen Vertreter beiderlei Geschlechts daran teil, Mr. Overstreet. Und Sie können mir glauben, wir haben nicht nur einfach vorgelesen . . . wir ließen die Worte wie Honig auf der Zunge zergehen. Frauen wurden schwach, der Geist schwang sich in lichte Höhen . . . wir schufen uns Götter, Gentlemen.«

Die Jungen standen eine Weile schweigend da. »Was sollte der Name bedeuten?« fragte Neil. »Haben Sie nur tote Dichter gelesen?«

»Jedes Gedicht war zugelassen, Mr. Perry. Der Name erinnerte nur daran, daß man erst Mitglied der Organisation werden konnte, wenn man tot war.«

»Was?« sagten die Jungen im Chor.

»Die Lebenden waren nur Kandidaten«, erklärte er. »Man mußte ein ganzes Leben lang Kandidat sein, bevor man die Vollmitgliedschaft erlangen konnte. Ja, leider bin ich auch erst ein ganz kleiner Kandidat!«

Die Jungen sahen einander erstaunt an. »Das letzte Treffen muß vor ungefähr 15 Jahren stattgefunden haben«, erinnerte sich Keating. Er sah sich wieder um, weil er sichergehen wollte, daß sie niemand beobachtete. Dann wandte er sich ab und schritt davon.

Als Keating außer Sichtweite war, sagte Neil aufgeregt: »Ich meine, wir gehen heute abend. Macht ihr alle mit?«

»Wo ist denn diese Höhle, von der er geredet hat?«

»Jenseits des Flusses«, antwortete Neil. »Ich weiß, wo sie ist.«

»Das ist ja Meilen entfernt«, beklagte sich Pitts.

»Ist doch langweilig«, sagte Cameron.

»Dann brauchst du ja nicht mitzukommen«, gab Charlie zurück.

»Weißt du überhaupt, wie viele Strafpunkte wir uns dabei einhandeln können?« fragte ihn Cameron.

»Dann komm doch nicht mit!« sagte Charlie. »Bitte!«

Cameron lenkte ein. »Ich sage ja nur, daß wir vorsichtig sein müssen. Wir dürfen uns nicht ertappen lassen.«

»Ist das dein Ernst, Sherlock?« fragte Charlie ironisch.

Neil unterbrach den Streit der beiden, indem er fragte: »Wer ist dabei?«

»Ich«, sagte Charlie als erster.

»Ich auch«, sagte Cameron.

Neil sah Knox, Pitts und Meeks an. Pitts zögerte. »Na . . .«

»Na, komm schon, Pitts!« sagte Charlie.

Meeks kam Pitts zu Hilfe. »Seine Zensuren sind ziemlich belämmert.«

»Dann kannst du ihm doch helfen, Meeks«, schlug Neil vor.

»Was soll denn da sein, eine Mitternachts-Arbeitsgruppe?« fragte Pitts, immer noch unsicher.

»Vergiß es, Pitts!« sagte Neil. »Du kommst doch mit, Meeks, oder sind deine Zensuren auch belämmert?« Alles lachte.

»In Ordnung«, sagte Meeks. »Ich probiere alles *einmal.*«

Charlie lachte. »Außer Sex. Stimmt's, Meeks, alter Junge?« Meeks wurde rot, weil die anderen Jungen lachten und ihn flachsten.

»Ich mache aber nur mit, wenn alle vorsichtig sind«, sagte Cameron.

»Knox?« fragte Charlie.

»Ich weiß nicht«, sagte Knox. »Wozu eigentlich?«

»Na, komm«, munterte ihn Charlie auf. »Das wird dir zu Chris verhelfen.«

Knox war entgeistert. »Wirklich? Wie kommst du darauf?«

»Du hast doch von Keating gehört, daß Frauen schwach wurden, oder?«

»Aber warum?« fragte Knox, immer noch unsicher.

Die Arbeitsgruppe löste sich auf. Knox ging hinter Charlie her.

»Warum sind sie schwach geworden, Charlie? Sag mir, warum sie schwach geworden sind!« Knox' Frage blieb unbeantwortet. Dann ertönte in der Ferne ein Läuten, das zum Abendessen rief.

Nach dem Essen gingen Neil und Todd in den Arbeitssaal und setzten sich dort an einen Tisch.

»Hör zu«, sagte Neil mit unterdrückter Stimme zu seinem Zimmerkameraden. »Ich lade dich zu dem Clubtreff ein.« Neil war es aufgefallen, daß keiner Todd gefragt hatte, ob er mitmachen wolle. »Du kannst dich nicht darauf verlassen, daß die anderen an dich denken. Die kennen dich doch noch gar nicht. Und du unterhältst dich ja auch mit keinem!«

»Danke«, sagte Todd, »aber darum geht es ja gar nicht.«

»Sondern um was?« fragte Neil.

»Ich . . . ich will sowieso nicht mitkommen«, stotterte Todd.

»Aber warum nicht?« fragte Neil. »Verstehst du denn nicht, was Keating meint? Willst du denn gar nichts unternehmen?« Der aufsichtführende Lehrer kam vorbei und warf ihnen einen mißtrauischen Blick zu. Rasch blätterte Neil in seinem Lehrbuch.

»Doch«, flüsterte Todd, als der Lehrer weg war. »Aber . . .«

»Aber was, Todd?« bedrängte ihn Neil. »Sag es mir!«

Todd sah zu Boden. »Ich möchte nicht vorlesen.«

Neil sah ihn ungläubig an. »Was?«

»Keating hat gesagt, daß wir abwechselnd vorlesen sollen«, sagte Todd. »Das möchte ich nicht.«

Neil schüttelte den Kopf. »Na, da hast du ja echt ein Problem. Wieso möchtest du denn nicht vorlesen? Ich meine, das ist doch die Hauptsache! Daß man seine Gefühle zum Ausdruck bringt!«

Todd errötete. »Neil, ich kann es dir nicht erklären. Ich möchte es einfach nicht.«

Neil sah Todd scharf an und raffte seine Notizen zusammen. Plötzlich hatte er einen Einfall. »Und was ist, wenn du nichts vorzulesen brauchst? Wenn du einfach nur mitkommst und zuhörst?«

»Das ist aber nicht im Sinne des Erfinders«, sagte Todd. »Wenn ich dabei bin, wollen die Jungs auch, daß ich was vorlese.«

»Das stimmt. Aber was ist, wenn ich ihnen sage, daß du nicht vorzulesen brauchst?«

Todd errötete. »Du meinst, du willst es ihnen sagen. Neil, das wäre mir aber peinlich.«

»Ach, Quatsch«, sagte Neil und sprang auf. »Warte mal einen Moment!«

»Neil!« rief Todd. Der aufsichtführende Lehrer drehte sich um und sah ihn mißbilligend an.

Neil war schon weg. Todd konnte ihn nicht zurückhalten. Traurig sank er auf seinem Stuhl zusammen. Dann schlug er das Geschichtsbuch auf und griff zum Bleistift.

7. KAPITEL

Mit leiser Stimme redete Neil auf Charlie und Knox ein. Auf den Fluren war der übliche Trubel vor dem Zubettgehen im Gange. In Schlafanzügen liefen Jungen durch die Halle, unter einem Arm ein Kissen, unter dem anderen Bücher. Neil warf sich das Handtuch über die Schulter, schlug Knox freundschaftlich auf die Schulter und ging in sein Zimmer. Da sah er etwas auf seinem Schreibtisch liegen, was vorher nicht dagewesen war, und warf das Handtuch weg.

Nach kurzem Zögern nahm er das Buch in die Hand. Es war eine alte, abgegriffene Lyrik-Anthologie. Er schlug sie auf. Auf der inneren Umschlagsseite war ein Name eingetragen. »J. Keating.« Was darunter stand, las Neil laut. »Den toten Dichtern.« Er legte sich aufs Bett und blätterte in den vergilbten Blättern des alten Buchs. Ungefähr eine Stunde lang las er darin und hörte kaum den leiser werdenden Lärm von den Fluren und die zuschlagenden Türen. Dann merkte er, daß das Licht ausging. *Da draußen geht Dr. Hager rum,* dachte Neil. *Er ist immer noch auf.* Neil hörte nämlich, wie der Lehrer, der die Unterkünfte beaufsichtigte, die Flure entlangging, um nachzusehen, ob alles ruhig war. Er schien gerade vor Neils geschlossener Tür stehenzubleiben.

»Alles ruhig«, stellte Dr. Hager kopfschüttelnd fest. »Zu ruhig.«

Stunden später trafen sich die Jungen unter dem knorrigen alten Ahornbaum. Sie hatten sich vergewissert, daß sonst alle schliefen. Sie hatten Wintermäntel und Handschuhe angezogen und sich Hüte aufgesetzt, und einige hatten Taschenlampen mitgebracht, um den Weg zu erleuchten. »Gggrrr!« Das war der Jagdhund der Schule! Er jagte ihnen einen Schreck ein, als er schnüffelnd aus den Büschen kam.

»Gutes Hündchen«, sagte Pitts, stopfte ihm einige Kekse ins Maul und streute ihm noch ein paar auf die Erde hin. Der Hund stürzte sich darauf. »Los jetzt!« zischte Pitts.

Die Jungen liefen unter dem hellen Sternenhimmel über das Schulgelände. »Gut gemacht, Pittsie«, sagte Neil.

Als sie auf das offene, windige Gelände kamen, beklagte sich Todd: »Es ist kalt.« Gleich darauf tauchten sie in den verwunschenen Fichtenwald. Und nun suchten sie die Höhle. Charlie lief voraus. Langsamer folgten ihm in der nächtlichen Kälte die anderen.

Sie kamen an das Flußufer. »Jetzt müssen wir gleich da sein«, sagte Knox. Und weiter suchten sie nach der Höhle, die irgendwo zwischen den Baumwurzeln und Büschen zu finden sein mußte.

»Hei, ich bin ein toter Dichter!« schrie Charlie, der plötzlich aus dem Nichts auftauchte. Er hatte die Höhle gefunden.

»Ha!« rief Meeks. »Na, freu dich, Dalton!« sagte er zu Charlie und gewann seine Ruhe wieder.

»Wir sind da, Jungs!« sagte Charlie lächelnd. »Wir sind daheim!«

Die Jungen drängelten sich in die dunkle Höhle. Minutenlang suchten sie trockenes Holz und Reisig zusammen, um ein Feuer anzumachen. Schließlich brannte es, und allmählich wurde es in der öden Höhle warm. Die Jungen verhielten sich schweigend, als befänden sie sich an einem heiligen Ort.

»Hiermit eröffne ich im Namen Weltons den Club der

toten Dichter«, sagte Neil in feierlichem Ton. »Die Treffs werden von mir und den anderen Neuhinzugekommenen abgehalten werden. Todd Anderson, der keine Gedichte vorlesen möchte, wird das Protokoll führen.« Todd zuckte zusammen, als Neil das sagte, brachte aber keinen Ton heraus.

»Ich verlese nun die traditionelle Eröffnungspassage von unserem Clubmitglied Henry David Thoreau.« Neil schlug das Buch auf, das ihm Keating ins Zimmer gelegt hatte, und las vor: »Ich ging in die Wälder, weil ich bewußt leben wollte.« Er ließ einiges aus und fuhr fort: »Ich wollte das Dasein auskosten. Ich wollte das Mark des Lebens einsaugen!«

»Dafür bin ich auch!« warf Charlie ein.

»›Und um alles fortzuwerfen, das kein Leben barg«, fuhr Neil fort. Dann ließ er wieder einige Sätze weg. »Um nicht an meinem Todestage innezuwerden, daß ich nie gelebt hatte.« Es trat ein langes Schweigen ein.

Neil sagte: »Ich rufe Overstreet auf!«

Knox erhob sich. Neil reichte ihm das Buch. Knox schlug eine andere Seite auf und las: »›Wer seinen Träumen vertraut, findet Erfolgserlebnisse, die ihm normalerweise nie zuteil würden.‹ Ja!« sagte Knox mit blitzenden Augen. »Ich will bei Chris Erfolg haben!«

Charlie nahm Knox das Buch aus der Hand. »Komm, Mann!« sagte er. »Hier geht es um ernste Dinge.« Er räusperte sich und las:

»Nehmt die wunderbare Liebe einer schönen Maid,
Nehmt eines Ehrenmannes treue Liebe
Und des Kindes Liebe, die das Herz erfreut,
Alles dies sind wahre Himmelstriebe.
Doch die wunderbarste Liebe,
Die Liebe aller Lieben,

Stärker noch als Mutterliebe
Ist die unendliche, zärtliche, leidenschaftliche Liebe,
Die ein Trunkenbold für den anderen hegt.«

»Unbekannter Dichter«, schloß Charlie lachend und reichte das Buch an Pitts weiter.

»›Hier ruht mein Weib, hier ruhe ich. Sie ruht hier sanft, das gilt jetzt auch für mich.« Pitts mußte kichern. »John Dryden, 1631–1700. Hätte nie gedacht, daß diese alten Knacker auch Humor hatten!« sagte er.

Während die anderen über seinen Witz lachten, reichte Pitts das Buch an Todd weiter. Todd erstarrte, und Neil nahm ihm das Buch schnell weg, bevor die anderen aufmerksam wurden.

Dann schnappte sich Charlie das Buch und las:

»Mich Liebe lehren? Daß ich nicht lache!
Ich bin der Liebe Hauptdozent!
Gäb's einen Gott der Liebe, müßte er
Sehr froh sein, wenn er meine Bücher kennt.

Die Jungen machten sich einen Spaß und umjubelten Charlie mit lauten »Aahs« und »Oohs«. »Kommt, Jungs, werdet nun mal ernst!« sagte Neil.

Cameron übernahm das Buch. »Das hier ist ernst«, sagte er und las:

»Wir sind die Sänger und Rufer,
Wir träumen in herrlichen Träumen,
Wir sitzen am einsamen Ufer
Und sehen die Brandung schäumen.
Wir sind die Verbannten der Erde,
Von bleichem Mondlicht umspielt,
Und haben mit Herrschergebärde

Ganz neue Welten erfühlt.
Und unsere Melodien
Ließen große Städte erblühen.
Und aus einem Fabelgedichte,
Da machten wir Weltgeschichte.
Wer noch Träume hat, gewinnt Kronen
Und kann ganze Reiche erbauen.
Und mit kraftvollen Kompositionen
Sie wieder in Stücke zerhauen.
Wir jubeln und litten bei Hitze und Schnee
Und blieben des Erdballs Nabel.
Wir schufen aus Seufzern Ninive
Und bauten aus Lachen ein Babel.«

»Amen«, sagten einige Jungen.

»Pst!« zischten andere. Cameron las weiter:

»Und eines Tages war es soweit,
Daß wir alles wieder verloren,
Denn träumend stirbt eine alte Zeit,
Und aus Träumen werden neue geboren.«

Mit dramatischem Schwung beendete Cameron die Lesung. »Das war von Arthur O'Shaugnessy, 1844–81.«

Alle saßen schweigend da. Meeks übernahm das Buch und blätterte darin. »He, das hier ist Klasse«, sagte er und las mit ernster Stimme:

»Und aus der Nacht, die sich über mich senkt,
Dank ich aus voller Kehle
All den Göttern, die mir geschenkt
So eine unverwüstliche Seele!«

»Das war W. E. Henley, 1849–1903.«

»Na, hör mal, Meeks«, sagte Pitts spöttisch, »das geht doch auf dich, oder?«

»Was?« sagte Meeks überrascht und ganz beleidigte Unschuld.

Als nächster blätterte Knox in dem Buch. Plötzlich stöhnte er laut auf, als wäre ihm Christus in der Höhle erschienen. »Wie lieb ich dich? Ich zähle es dir auf. Ich liebe dich so heiß . . .«

Charlie riß ihm das Buch weg. »Reg dich ab, Knox!« sagte er heftig.

Die Jungen lachten. Neil übernahm das Buch und las eine Zeitlang stumm darin. Die Jungen drängten sich um das schwächer werdende Feuer.

»Pst«, machte Neil. Dann las er mit großem Ausdruck:

»Kommt, meine Freunde,
Noch ist es nicht zu spät,
Drum laßt uns neue Welten suchen!
Denn dies hab ich mir vorgenommen,
Als Segler überquere ich den Horizont.
Und wenn uns auch die Kräfte fehlen,
Erd' und Himmel zu bewegen, so blieb uns eins:
Das Temperament von Heldenherzen,
Das Zeit und Schicksal zwar geschwächt,
Doch das sich nie beirren ließ,
Zu streben, suchen und zu finden . . .
Und niemals aufzugeben.«

»Aus ›Odysseus‹ von Tennyson«, sagte er zum Schluß. Von Neils leidenschaftlicher Lesung und Tennysons Aufruf berührt, blieben alle stumm.

Nun nahm Pitts das Buch. Als er das nächste Gedicht vorlas, verfiel er in einen Kongo-Rhythmus:

»Dicke schwarze Kerle und die Fässer voll Wein,
Könige des Weinkellers auf unsicheren Füßen,
Wanken, schwanken und hämmern wir auf den Tisch,
Mit dem Besenstiel trommeln wir auf ein leeres Faß,
So laut wir können.
Bumm, bumm, BUMM,
Mit 'nem Seidenschirm und 'nem Besenstiel,
Bummerle, bummerle, bummerle, BUMM!
DA hatte ich Religion, DA hatte ich 'ne Vision
Und keine Verachtung für das wüste Treiben.
DENN ICH SAH DEN KONGO FLIESSEN
DURCH DIE NACHT,
WÄLZEN DURCH DIE BÄUME SEINE REIFE
PRACHT.«

Der mitreißende Rhythmus des von Pitts vorgelesenen Gedichts zwang alle Jungen in seinen Bann. Der Beat brachte sie zum Tanzen. Sie sprangen und tanzten, ulkten und machten Urwaldtiere nach. Immer wilder wurden ihre Sprünge. Sie untermalten die Verse mit Dschungellauten. Sie schlugen sich auf den Kopf und auf die Beine. Pitts sprach noch die letzten Zeilen, als Charlie schon die tanzende und singende Horde aus der Höhle in die Nacht führte.

In wilden Tänzen rasten sie durch den Wald, rannten um die hohen Bäume und warfen sich in den heulenden Wind.

In der Höhle ging das Feuer aus. Der Wald wurde stockdunkel. Der Tanz hörte auf. Und sofort verschwand der Zauber. Auf einmal spürten sie wieder die Kälte, und die Begeisterung war dahin.

»Wir müssen uns beeilen«, sagte Charlie. »Bevor wir wissen, was los ist, fängt der Unterricht wieder an.«

So gingen sie mühsam durch den nächtlichen Wald, bis

sie auf eine Lichtung gelangten, von wo aus sie leicht auf das Welton-Gelände kommen konnten. »Wieder in der Realität«, sagte Pitts.

Neil seufzte. »Oder auch nicht.« Dann lief er lautlos zu seinem Zimmer, nahm das Holzstückchen weg und schlich auf Zehenspitzen ins Zimmer.

Am nächsten Tag gähnten die meisten in Mr. Keatings Stunde. Keating selber ging energischen Schritts vor ihnen auf und ab.

»Sagen Sie nicht, Sie wären müde – sagen Sie: erschöpft! Sagen Sie nicht . . .« Er schnippste mit den Fingern und zeigte auf einen Jungen.

». . . nicht traurig, sondern gramerfüllt.«

»Gut!« sagte Keating lächelnd. »Nur aus einem Grunde wurde die Sprache erfunden, Jungs . . .« Er schnippte mit den Fingern und zeigte auf Neil.

»Um sich mitzuteilen?«

»Nein«, sagte Keating. »Sondern um Frauen zu umwerben. Und dabei darf man nicht müde werden. Genausowenig wie beim Aufsätzeschreiben.«

Die Klasse lachte. Keating klappte sein Buch zu, ging an die Tafel und hob die Landkarte hoch, die darüber hing. Auf der Tafel stand ein Zitat. Keating las es der Klasse laut vor:

»Glauben und Lehre lasse ich fahren und
erlaube mir, mit äußerstem Risiko zu sagen:
daß nur die Natur und ihre Kraft es gestatten . . .«

»Wieder mal Onkel Walt«, sagte er. »Aber ach, wie schwer ist es für uns, Glauben und Lehre fahren zu lassen, da wir doch von unseren Eltern, unserem Herkommen und der modernen Zeit geprägt sind. Wie sollen wir, lieber Walt, unserer wahren Natur Ausdruck geben? Wie uns von Vorurteilen, Gewohnheiten und schlechtem Einfluß befreien? Die Antwort, meine lieben Freunde, lautet: Wir müssen uns ständig bemühen, einen neuen Standpunkt zu gewinnen.« Die Jungen hörten ihm gespannt zu. Da sprang Keating plötzlich auf seinen Schreibtisch. »Warum stelle ich mich hier oben hin?« fragte er.

»Damit Sie sich größer vorkommen«, vermutete Charlie.

»Ich habe mich auf den Schreibtisch gestellt, um mir ins Gedächtnis zu rufen, daß wir uns ständig zwingen müssen, die Welt von einem anderen Standpunkt aus zu betrachten. Von hier oben sieht alles ganz anders aus. Falls Sie es nicht glauben, kommen Sie her, und stellen Sie sich hier oben hin! Sie alle. Einer nach dem anderen!«

Keating sprang herunter. Alle Jungen außer Todd gingen nach vorn und stellten sich, immer ein paar auf einmal, auf Keatings Schreibtisch. Indessen schlenderte Keating zwischen den Bankreihen auf und ab und sah ihnen zu.

Während sie langsam an ihre Plätze zurückkehrten, sagte er: »Wenn Sie sich Ihrer Sache ganz sicher sind, dann zwingen Sie sich, sie von einem anderen Standpunkt aus zu betrachten, selbst wenn Sie ihn für falsch oder dumm halten! Wenn Sie etwas lesen, bedenken Sie nicht nur die Meinung des Autors, sondern lassen Sie sich Zeit, auch über Ihre eigene Meinung nachzudenken!«

Als alle wieder saßen, fuhr er fort: »Ihr müßt versuchen, eure eigene Stimme zu finden, Jungs. Je länger ihr damit wartet, um so unwahrscheinlicher wird es, daß ihr sie findet. Thoreau hat gesagt: ›Die meisten Menschen führen ein Leben in stiller Verzweiflung.‹ Warum wollt ihr euch damit abfinden? Beschreitet doch lieber neue Wege! Nun . . .« Keating ging zur Tür, und aller Augen folgten ihm. Er drehte sich um, faßte sie ins Auge, schaltete mehrmals das Licht an und aus und ließ dabei Geräusche ertönen, die sich wie Donnerschläge anhörten. »Außer Ihren Aufsätzen«, verkündete er im Anschluß an diese geräuschvolle Demonstration, »möchte ich, daß jeder von Ihnen ein Gedicht schreibt – aus sich heraus – und es in der Klasse vorträgt. Bis Montag.«

Damit verließ er das Klassenzimmer. Sie saßen noch immer stumm und von ihrem exzentrischen Lehrer gebannt da. Da steckte Keating noch einmal den Kopf herein und grinste wie ein Kobold. »Und glauben Sie nicht, Mr. Anderson, ich wüßte nicht, daß diese Aufgabe Sie zu Tode ängstigt, Sie Maulwurf!« Keating streckte die Hand aus, als wollte er Blitze gegen Todd aussenden. Die Klasse lachte unsicher. Man schämte sich wegen Todd, der sich zu einem schwachen Lächeln zwang.

Am Freitag endete der Unterricht früher, und die Jungen gingen aus Keatings Stunde mit der frohen Erwartung eines freien Nachmittags.

Während sie über das Gelände strolchten, sagte Pitts zu Meeks: »Laß uns zum Glockenturm raufgehen! Da können wir ausprobieren, ob unser Detektorradio funktioniert. Radio Freies Amerika!«

»Klar«, sagte Meeks. Sie gingen an den vielen Jungen vorbei, die gespannt auf Post warteten. Auf dem Rasen spielten einige Lacrosse, und in einiger Entfernung konnte man Mr. Nolan hören, wie er das Welton-Ruderteam beim Training auf dem See anfeuerte.

Knox warf die Bücher in den Gepäckständer seines Fahrrads und fuhr damit über den Campus. Er näherte sich dem Tor, vergewisserte sich durch einen Blick über die Schulter, daß ihm niemand nachsah, strampelte dann wild zum Tor hinaus und gelangte über die Wiesen zur Ortschaft Welton.

Hier fuhr er zur Ridgeway High School. Tief atmend sah er sich um, ob jemand von der Welton-Akademie zu sehen wäre. Am Zaun hielt er an. Dann beobachtete er, wie die Schüler zu den drei parkenden Bussen gingen. Die Marschkapelle probte Trommelwirbel und Tonleitern. Dann besetzten sie den ersten Bus. Footballspieler mit ausgepolsterten Schultern drängten sich in den zweiten Bus. Eine Horde kichernder und singender Fanmädchen bestieg den dritten Bus. Darunter war auch Chris Noel.

Knox stand am Zaun und sah sie an. Er sah, wie sie auf Chet zulief, der schon seinen Footballdreß anhatte, und ihn auf den Mund küßte. Chet zog sie an sich. Dann rannte sie kichernd weg und kletterte in den Bus der Fanmädchen.

Knox stieg auf sein Fahrrad und fuhr langsam nach Welton zurück. Seit dem Abendessen bei den Danburrys hatte er von einem Wiedersehen mit Chris Noel geträumt. Aber so hatte er es sich nicht vorgestellt – keine leidenschaftliche Umarmung mit Chet Danburry. Knox fragte sich, ob er je die Worte finden würde, die Chris so schwach machen würden, daß sie über ihn hinsank?

Nachmittags saß Todd auf dem Bett und hatte einen Notizblock vor sich. Er schrieb etwas darauf, strich es wieder aus, riß das Blatt ab und warf es in den Papierkorb. Dann schlug er enttäuscht die Hände vors Gesicht. In diesem Augenblick stürmte Neil ins Zimmer.

Neil warf seine Bücher auf den Schreibtisch. Sein Gesicht war vor Erregung gerötet. »Jetzt hab ich's gefunden!« rief er.

»Was denn gefunden?« fragte Todd.

»Was ich einmal machen will! Hier! Was in mir steckt.« Er hielt Todd einen Zettel hin.

»›Ein Sommernachtstraum‹«, las Todd, »Was ist das?«

»Ein Theaterstück, du Blindgänger.«

Todd zuckte zusammen. »Das weiß ich auch. Aber was hat es mit dir zu tun?«

»Sie fangen in Henley Hall mit den Proben an. Sieh mal hier: ›Noch Mitwirkende gesucht.‹«

»Na und?« sagte Todd.

»Na und, ich werde da mitspielen!« schrie Neil und warf sich auf sein Bett. »Solange ich zurückdenken kann, wollte ich das schon. Voriges Jahr wollte ich beim Sommertheater zum Vorsprechen gehen, aber natürlich hat mein Vater es mir nicht erlaubt.«

»Und jetzt wird er es erlauben?« fragte Todd und hob die Augenbrauen.

»Nein, Quatsch, aber darauf kommt es auch nicht an. Entscheidend ist, daß ich zum erstenmal in meinem ganzen Leben weiß, was ich will, und daß ich es zum erstenmal auch tun werde, ob mein Vater dagegen ist oder nicht! Carpe diem, Todd!«

Neil nahm das Textbuch zur Hand und las einige Zeilen. Dabei strahlte er und fuchtelte vor Freude mit den Händen in der Luft.

»Neil«, fragte Todd, »wie willst du denn in dem Stück mitspielen, wenn es dir dein Vater nicht erlaubt?«

»Erst muß ich die Rolle bekommen. Dann zerbreche ich mir darüber den Kopf.«

»Er bringt dich doch um, wenn er hört, daß du da vorsprechen willst!«

»Wenn es nach mir geht«, sagte Neil, »wird er es überhaupt nicht erfahren.«

»Na, hör mal, du weißt doch, daß das unmöglich ist«, sagte Todd.

»Blödsinn!« sagte Neil grinsend. »Nichts ist unmöglich.«

»Am besten, du fragst ihn vorher«, schlug Todd vor. »Vielleicht sagt er dann ja.«

»Das ist lächerlich«, sagte Neil verächtlich. »Aber wenn ich ihn nicht frage, bin ich ihm wenigstens auch nicht ungehorsam.«

»Aber wenn er nein sagt, dann . . .«, sagte Todd unsicher und hielt inne.

»Auf wessen Seite bist du eigentlich? Außerdem habe ich die Rolle ja noch nicht. Kann ich mich wenigstens nicht vorher ein bißchen darauf freuen?«

›Entschuldige«, sagte Todd und wandte sich wieder seiner Arbeit zu.

Neil setzte sich auf dem Bett zurecht, um das Stück zu lesen. »Übrigens haben wir heute nachmittag einen Treff. Kommst du hin?«

Todd zog eine Grimasse und sagte: »Ich denke schon.«

Neil legte das Textbuch weg, sah seinen Zimmerkameraden an und fragte ungläubig: »Auf dich macht das, was Mr. Keating sagt, wohl überhaupt keinen Eindruck, was?«

»Was soll denn das heißen?« fragte Todd trotzig.

»Wer zum Club gehört, sollte begeistert sein. Du bist ungefähr so begeistert wie eine Senkgrube.«

»Du willst mich wohl raushaben?« fragte Todd ärgerlich. »Meinst du das?«

»Nein«, sagte Neil leise. »Ich will dich drinhaben. Aber es bedeutet, daß du etwas tun mußt. Nicht nur *sagen,* daß du drin bist.«

Todd drehte sich wütend um. »Hör zu, Neil«, sagte er, »ich weiß deine Anteilnahme zu schätzen, aber ich bin nun mal nicht so wie du. Wenn du etwas sagst, hört man dir zu. Die Leute hören auf dich. Bei mir ist das anders!«

»Und warum?« fragte Neil. »Meinst du nicht, du könntest es auch schaffen?«

»Nein!« schrie Todd. »Ach, ich weiß nicht. Werde es

wahrscheinlich nie wissen. Jedenfalls kannst du nicht daran drehen, also halt dich da raus, verstanden? Ich kann für mich selber sorgen, ist das klar?«

»Äh, nein . . .«, sagte Neil.

Todd machte ein erstauntes Gesicht. »Nein? Was soll das heißen: nein?«

Neil zuckte gelassen die Achseln und wiederholte: »Nein. Ich halte mich da nicht raus.«

Dann schlug er sein Buch wieder auf und las weiter darin. Todd saß nur da und starrte ihn an. »Okay«, sagte er geschlagen. »Ich komme mit.«

»Gut«, sagte Neil lächelnd und las das Stück bis zum Ende durch.

8. KAPITEL

An diesem Nachmittag traf sich der Club der toten Dichter vor dem Fußballtraining in der Höhle. Charlie, Knox, Meeks, Neil, Cameron und Pitts wanderten um das unterirdische Clubhaus, erforschten alle Winkel und Ecken und ritzten ihre Namen in die Wand ein. Todd kam später. Als alle da waren, stand Neil auf und eröffnete die Versammlung.

»›Ich ging in die Wälder, weil ich bewußt leben wollte. Ich wollte das Dasein auskosten und das Mark des Lebens einsaugen.‹«

»Mein Gott«, jammerte Knox, »ich möchte das Mark von Chris einsaugen! Ich bin unsterblich in sie verliebt!«

»Du weißt doch, was die toten Dichter dazu sagen würden«, meinte Cameron lachend. »›Pflücke die Knospe, solange es geht . . .‹«

»Aber sie ist in diesen blöden Sohn von meines Vaters bestem Freund verliebt! Was würden die toten Dichter wohl dazu sagen?« In Verzweiflung ging Knox.

Neil stand auf und ging zur Tür. »Ich muß zum Vorsprechen«, sagte er. »Wünscht mir Glück!«

»Alles Gute!« sagten Meeks, Pitts und Cameron wie aus einem Munde. Todd sah Neil schweigend nach.

»Mir ist, als hätte ich noch *nie* gelebt«, sagte Charlie bedrückt, als er Neil weggehen sah. »Seit Jahren habe ich nichts mehr riskiert. Ich habe keine Ahnung, was ich bin und was ich einmal sein will. Neil weiß wenigstens, daß er Schauspieler werden will. Knox weiß, daß er Chris haben will.«

»Unbedingt will ich Chris haben!« sagte Knox stöhnend.

»Meeks«, sagte Charlie. »Du bist hier das Genie. Was sagen die toten Dichter zu einem Kerl wie mir?«

»Die Romantiker experimentierten leidenschaftlich gern«, sagte Meeks. »Sie versuchten alles mögliche, bevor sie sich für etwas entschieden.«

Cameron zog ein Gesicht. »Welton bietet kaum Gelegenheit zum Experimentieren, Meeks.«

Die Jungen dachten über Camerons Feststellung nach, während Charlie auf und ab ging. Plötzlich blieb er stehen. Seine Miene hellte sich auf. »Hiermit erkläre ich die Höhle zur Charles-Dalton-Höhle der leidenschaftlichen Experimentierer«, sagte er lächelnd. »In Zukunft darf hier niemand ohne meine Erlaubnis rein.«

»Moment mal, Charlie«, wandte Pitts ein. »Sie gehört aber eigentlich dem Club.«

»Eigentlich! Aber ich habe sie gefunden, und jetzt beanspruche ich sie für mich. Carpe cavem, Jungs. Nutze die Höhle!« Und Charlie grinste befriedigt.

»Bloß gut, daß nicht alle so sind wie du, Charlie«, sagte Meeks philosophisch. Die anderen sahen sich gegenseitig an und schüttelten die Köpfe. Sie alle hatten die Höhle in Besitz genommen und dort eine Heimat gefunden, fern von Welton, fern von Eltern, Lehrern und Freunden – einen Ort, wo sie so sein konnten, wie sie es sonst nie zu träumen wagten. Der Club der toten Dichter blühte und gedieh und war bereit, den Tag zu nutzen.

Nur widerwillig verließen die Jungen die Höhle. Sie kamen gerade noch rechtzeitig zum Training auf den Fußballplatz. Zu ihrem Erstaunen sahen sie, wie sich Mr. Keating ebenfalls dem Platz näherte. »Na, seht mal, wer heute unser Fußballtrainer ist!« sagte Pitts. Der Lehrer hatte mehrere Fußbälle unter einem Arm und eine Aktentasche unter dem anderen.

»Okay, Jungs, wer hat die Liste?«

»Ich, Sir«, sagte ein älterer Schüler und reichte Keating die Namensliste.

Keating nahm die drei Seiten entgegen und prüfte sie. »Antworten Sie bitte mit ›Hier‹!« sagte er. »Chapman?«

»Hier!«

»Perry?« Keine Antwort. »Neil Perry?«

»Hat einen Termin beim Zahnarzt, Sir«, sagte Charlie.

»Hmm, hmm«, machte Keating und rief dann Watson auf. Keine Antwort. »Richard Watson ist auch nicht da, wie?«

Jemand rief: »Watson ist krank, Sir!«

»Hmm. Krank also. Eigentlich müßte ich Watson Strafpunkte geben. Aber wenn ich Watson Strafpunkte gebe, müßte ich auch Perry Strafpunkte geben . . . und ich mag Perry.« Er zerknüllte die Namensliste und warf sie weg. Mit Verwunderung sahen es die Jungen. »Jungs, wer keine Lust hat, kann gehen. Wer spielen will, der folge mir!«

Keating marschierte mit den Bällen und der Aktentasche los. Die meisten Jungen folgten ihm. Dabei unterhielten sie sich über seine merkwürdigen Launen.

»So, jetzt setzt euch, Jungs!« sagte Keating, als sie die Platzmitte erreicht hatten. »Die Fans mögen darüber streiten, ob ein Spiel oder eine Sportart besser als die andere ist«, sagte er, auf und ab gehend. »Für mich ist das Wichtigste am Sport, daß er uns Menschen an unsere Leistungsgrenze treiben kann. Plato, wie ich ein begabter Mensch, sagte einmal: ›Nur der Wettstreit hat mich zum Dichter, Denker und Redner gemacht.‹ Jeder nimmt sich jetzt einen Zettel, und dann stellen sich alle hintereinander auf!«

Keating verteilte an die neugierig gewordenen Schüler Zettel. Dann rannte er vor und legte einen Ball drei Meter vor dem vordersten Jungen in der Schlange. Lustlos stand Todd hinten am Ende. Keating rief Kommandos.

»Ihr wißt, was ihr zu tun habt . . . also los!« schrie er. Gerade kam George McAllister am Fußballplatz vorbei. Er blieb fasziniert stehen, als der erste Junge vortrat und laut von seinem Zettel ablas. »›Die Chancen stehen gegen mich, doch unerschrocken schaue ich allen meinen Feinden ins Auge!‹« Dann nahm er Anlauf und schoß den Ball am Tor vorbei.

»In Ordnung, Johnson, Sie haben es jedenfalls versucht, und nur das zählt«, sagte Keating und legte den nächsten Ball hin. Er machte den Koffer auf und holte einen tragbaren Plattenspieler heraus. Dann legte er eine Platte mit klassischer Musik auf und stellte große Lautstärke ein. »Rhythmus, Jungs!« schrie Keating über die Musik hinweg. »Rhythmus ist wichtig!«

Knox, der jetzt an der Reihe war, las laut vor: »›Du mußt ihnen ganz allein gegenüberstehen, erst dann erfährst du, was du leisten kannst!‹« Knox nahm Anlauf und trat gegen den Ball. Dabei schrie er laut: »Chet!«

Jetzt stand Meeks am Kopf der Schlange. »›Kampf, Folter, Gefängnis und Haß der ganzen Welt – das schreckt mich nicht!‹« schrie er, nahm Anlauf und schoß den Ball gekonnt ins Netz.

Als nächster war Charlie dran. »›Ich will Gott sein!‹« schrie Charlie und drosch den Ball kraftvoll und entschlossen zwischen die Torpfosten.

McAllister schüttelte lächelnd den Kopf und ging weiter.

Die Fußballspieler lasen ihre Sprüche vor und schossen, bis es dunkel wurde. »Nächstesmal machen wir weiter, Jungs«, sagte Keating. »Viel Erfolg!«

Todd Anderson seufzte erleichtert auf und lief der Unterkunft zu. »Keine Sorge, Mr. Anderson«, rief Keating ihm nach. »Sie kommen auch noch dran!« Todd merkte, wie er rot wurde, und als er im Zimmer war, schmiß er die Tür hinter sich zu und warf sich aufs Bett.

Dann rief er: »Verdammt!« und setzte sich auf. Dabei fiel sein Blick auf das angefangene Gedicht, das er auf den Notizblock geschrieben hatte und das noch auf dem Bett lag.

Er nahm einen Bleistift zur Hand und schrieb eine Zeile dazu. Danach geriet er in Wut und brach den Bleistift entzwei. Er rannte im Zimmer umher, nahm seufzend einen anderen Bleistift und versuchte weiterzudichten.

Auf dem Flur hörte er Neil schreien: »Ich hab sie! He, hört mal alle her, ich hab die Rolle!« Er riß die Zimmertür auf und sah Todd drin sitzen. »He, ich bin Puck!«

»Puck dich sonstwohin, aber mach nicht so'n Krach!« rief jemand von der anderen Seite des Flurs.

Charlie und mehrere andere Jungen kamen ins Zimmer. Sie wollten ihn feiern. »Prima, Neil! Gratuliere!«

»Vielen Dank, Leute. Jetzt müßt ihr mich aber allein lassen. Ich habe zu tun.« Die Jungen gingen hinaus, und Neil holte eine alte Schreibmaschine unter dem Bett vor.

»Wie willst du denn das deichseln, Neil?« fragte Todd.

»Pscht! Ich bin ja schon dabei«, erklärte Neil. »Sie brauchen eine Genehmigung.«

»Von dir?« fragte Todd.

»Von meinem Vater und von Nolan.«

»Neil, du wirst doch nicht etwa . . .«, fing Todd an.

»Ruhe!« sagte Neil. »Ich muß nachdenken.« Während er auf der Schreibmaschine tippte, murmelte er Verse aus dem Stück vor sich hin, und manchmal kicherte er. Todd schüttelte ungläubig den Kopf und versuchte, sich auf sein Gedicht zu konzentrieren.

Am nächsten Tag mußte Knox Overstreet in Mr. Keatings Englischstunde als erster sein Gedicht vorlesen.

»Ihr Lächeln ist unirdisch süß,
Ein Blick auf sie – ich war verliebt.
Was einmal werden wird? Ich weiß es nicht.
Ich bin schon . . .«

Knox hörte auf. Er ließ den Zettel sinken. »Entschuldigen Sie, Mr. Keating. Es ist zu dumm.« Und damit ging Knox an seinen Platz zurück.

»Nein, Knox«, sagte Keating, »es ist gut, ein großartiger Versuch.« Und jetzt sprach er die Klasse an. »Was Knox versucht hat, ist unerhört wichtig, und zwar nicht nur beim Gedichteschreiben, sondern überhaupt. Es heißt, daß man sich mit den wichtigen Dingen des Lebens beschäftigen soll – also mit Liebe, Schönheit, Wahrheit, Gerechtigkeit.«

Er schritt vor der Klasse auf und ab. »Und wir dürfen Poesie nicht auf das Wort beschränken. Poesie kann in Musik enthalten sein, in einem Foto, in der Zubereitung eines Essens – in allem, was Stoff zu einer Offenbarung hergibt. Poesie ist in den alltäglichsten Dingen vorhanden, aber sie darf nie, nie, nie ordinär sein. Sie sollen über das zuckersüße Lächeln eines Mädchens schreiben, unbedingt, aber wenn Sie es tun, dann müssen Sie in Ihrem Gedicht das Jüngste Gericht, das Ende aller Zeiten heraufbeschwören. Entscheidend ist allein, daß es uns erleuchtet, aufregt und – wenn es genial ist – uns das Gefühl vermittelt, unsterblich zu sein.«

»O Käpten, mein Käpten«, meldete sich Charlie zu Wort, »ist Poesie auch in Mathe zu finden?« Mehrere Jungen lachten.

»Durchaus, Mr. Dalton . . . in der Mathematik findet

man Eleganz. Wenn alle Menschen nur Gedichte schrieben, würde der Planet Erde zugrunde gehen, das ist doch klar. Aber es muß Poesie geben, und wir müssen sie auch in den einfachsten Dingen des Lebens entdekken, wenn wir uns nicht selber vieler Freuden berauben wollen, die das Leben uns bietet. Nun, wer will als nächster sein Gedicht vortragen? Melden Sie sich freiwillig! Es kommt sowieso jeder dran.«

Keating sah in die Runde, aber niemand meldete sich. Grinsend ging er auf Todd zu. »Sieh mal an, Mr. Anderson, in Todesängsten! Kommen Sie her, Junge, wir wollen Sie von Ihrem Elend befreien!«

Alle Schüler sahen Todd an. Nervös stand er auf und ging langsam nach vorn. Er sah aus wie ein zum Tode Verurteilter auf dem Weg zur Hinrichtung.

»Todd, haben Sie ein Gedicht mitgebracht?« fragte Mr. Keating.

Todd schüttelte den Kopf.

»Mr. Anderson denkt, daß seine Seele nichts taugt und daß er auf andere peinlich wirkt. Stimmt das, Todd? Ist es nicht so?«

Todd nickte gequält.

»Dann wollen wir uns mal in Ihrer Seele umschauen«, sagte Mr. Keating. »Ich glaube, daß darin sehr viel Wertvolles verborgen liegt.« Mit langen Schritten ging er an die Tafel und schrieb: »›ICH BRÜLLE MEIN BARBARISCHES JOHOO ÜBER DIE DÄCHER DER GANZEN WELT.‹ Walt Whitman.«

Er wandte sich der Klasse zu. »Wer es nicht weiß, ein Johoo ist ein lauter Ruf oder ein Schrei. Todd, ich möchte, daß Sie uns mal so ein barbarisches Johoo vormachen.«

»Johoo«, sagte Todd. Es war kaum zu hören.

»Ich will ein barbarisches Johoo hören!«

Keating wartete eine Weile. Dann sprang er auf Todd zu. »Um Himmels willen, Junge, schreien Sie doch mal!« schrie er.

»Johoo!« sagte Todd erschrocken.

»Noch einmal!« schrie Keating. »Lauter!«

»JOHOO!«

»LAUTER!«

»AAAAAHHHHH!«

»Na, bitte. Sehr gut, Anderson. In Ihnen ist also tatsächlich ein Barbar verborgen.« Keating klatschte in die Hände, und die Klasse tat es ihm nach. Todd war hochrot, aber er schien lockerer.

»Todd, über der Tür hängt ein Bild von Whitman. Was denken Sie dabei, wenn Sie es sehen? Schnell, Anderson, nicht erst nachsehen!«

»Ein Verrückter«, sagte Todd.

»Ein Verrückter. Was für ein Verrückter? Nicht nachdenken! Gleich antworten!«

»Ein . . . wahnsinniger Verrückter!«

»Gebrauchen Sie Ihre Phantasie!« bedrängte ihn Keating. »Sagen Sie einfach, was Ihnen einfällt! Auch wenn es Blödsinn ist.«

»Ein . . . Verrückter mit einem Kuchenzahn.«

»Jetzt spricht der Dichter aus Ihnen«, lobte ihn Keating. »Machen Sie die Augen zu! Beschreiben Sie, was Sie sehen! JETZT!«

»Ich . . . ich mache die Augen zu«, sagte Todd. »Sein Bild wird unscharf.« Er hielt inne.

»Ein Verrückter mit einem Kuchenzahn«, half ihm Keating.

»Ein Verrückter mit einem Kuchenzahn . . .«

»Weiter!« rief Keating.

»Er starrt mich an, und sein Blick geht mir durch und durch«, sagte Todd.

»Großartig! Lassen Sie ihn etwas tun! Geben Sie Rhythmus rein!«

»Er streckt die Hände aus und würgt mich . . .«

»Ja . . .«, drängte ihn Keating.

»Und dabei flüstert er leise . . .«

»Was flüstert er?«

»Die Wahrheit!« schrie Todd. »Die Wahrheit ist wie eine Decke, unter der man immer kalte Füße hat!«

Einige Jungen in der Klasse lachten. Da wurde Todds angespanntes Gesicht zornig. »Hören Sie doch nicht auf die!« spornte Keating ihn an. »Ich will mehr von der Decke hören.«

Todd schlug die Augen auf und redete die Klasse in herausfordernder Manier an. »Ihr könnt an ihr ziehen, aber sie wird uns nie ganz bedecken.«

»Weiter!« sagte Keating.

»Ihr könnt auf sie treten, an ihr zerren, aber sie wird nie . . .«

»Machen Sie weiter!« rief Keating.

»Von dem Augenblick, da wir weinend zur Welt kommen«, schrie Todd – es fiel ihm schwer, er mußte sich jedes Wort abquälen, »bis zu dem Augenblick, da wir sie sterbend verlassen, können wir noch soviel jammern, weinen und klagen, wir behalten doch immer kalte Füße!«

Lange Zeit stand Todd still da. Dann trat Keating an seine Seite. »Das war Magie, Mr. Anderson. Vergessen Sie das nie!«

Neil klatschte als erster. Dann machten die anderen mit. Todd holte tief Atem, und zum erstenmal wirkte sein Lächeln zuversichtlich.

»Danke, Sir«, sagte er und ging an seinen Platz.

Nach der Schule nahm Neil Todd an die Hand. »Ich wußte immer, daß du es in dir hast«, sagte er lächelnd. »Tolle Leistung! Bis heute nachmittag.«

»Danke, Neil«, sagte Todd. Er lächelte immer noch. »Bis heute nachmittag.«

An diesem Nachmittag trug Neil einen Gegenstand durch den Wald zur Höhle, der in einen ramponierten Lampenschirm eingeschlagen war.

»Entschuldigt, daß ich mich verspätet habe«, sagte er atemlos, als er hereinkam. Die anderen Kandidaten des Clubs der toten Dichter saßen auf der Erde um Charlie. Er saß mit geschlossenen Augen im Schneidersitz da. In der Hand hielt er ein altes Saxophon.

»Seht euch das an!« sagte Neil.

»Was ist es denn?« fragte Meeks.

»Herrje, es ist ein kaputter Lampenschirm«, sagte Pitts.

Neil zog den Lampenschirm weg und holte die Schnur heraus. Nun kam eine kleine angemalte Statue zum Vorschein. Neil lächelte. »Das ist der Gott der Höhle«, sagte er.

»Herrje, Pitts«, sagte Meeks.

Neil stellte die Statue, der ein Stiel zum Kopf herauskam, auf die Erde. Dann steckte er eine Kerze in den Pflock und zündete sie an. Das Kerzenlicht zeigte nun einen rot-blau kostümierten Trommlerjungen mit edlen, aber von Entbehrung gezeichneten Zügen. Todd, der offensichtlich nach seinem Erfolg in der Englischstunde ein ganz anderer Mensch geworden war, stülpte sich zum Spaß den Lampenschirm auf den Kopf.

Charlie räusperte sich vernehmlich. Die Jungen sahen ihn an und setzten sich bequem zurecht. »Gentlemen«, sagte er, »›Poetrusisch‹ von Charles Dalton.«

Charles blies einige Töne aufs Geratewohl auf seinem Saxophon. Dann hielt er plötzlich inne und sagte: »Lachen, weinen, schwanken, flüstern, es muß mehr dran sein. Es muß mehr dran sein . . .«

Wieder spielte er eine Sequenz auf dem Saxophon. Dann setzte er das Instrument ab und sagte, diesmal schneller: »Das Chaos träumt, das Chaos schäumt, alles schreit und fliegt, es muß mehr dran sein! Muß mehr dran sein!«

Alle in der Höhle schwiegen. Dann setzte Charlie das Instrument an die Lippen und spielte eine einfache, aber zu Herzen gehende Melodie. Je länger Charlie spielte, um so mehr wich der skeptische Blick von den Gesichtern seiner Hörer, die schließlich hingegeben der Musik lauschten. Er schloß mit einer langen, sehnsuchtsvollen Kadenz.

Still saßen die Jungen da und ließen die wunderbaren Töne über sich hinweg rauschen.

Als erster ergriff Neil das Wort. »Charlie, das war Klasse. Wo hast du das gelernt?«

Charlie kam langsam zur Erde zurück. »Mein Eltern haben mich zum Klarinetten-Unterricht geschickt, aber ich haßte ihn. Das Sax klingt sonorer«, sagte er in nachgemachtem britischem Akzent.

Unvermittelt stand Knox auf, trat aus dem Kreis und gab laut seiner Qual Ausdruck. »Ich halte es nicht mehr aus! Wenn ich Chris nicht kriege, dann bringe ich mich um!«

»Knox«, sagte Charlie, »bleib ruhig!«

»Nein, ich bin mein ganzes Leben lang ruhig geblieben! Wenn ich jetzt nichts unternehme, dann gehe ich kaputt!« Und Knox stürzte aus der Höhle.

Neil rief ihm nach: »Wo willst du hin?«

»Sie anrufen«, rief Knox und verschwand im Wald.

Damit fand das Clubtreffen einen abrupten Abschluß. Die Jungen folgten Knox auf dem Weg zum Schulgelände. Wahrscheinlich würde Knox nicht an Passivität zugrunde gehen. Aber es war durchaus möglich, daß er sich nicht trauen würde, Chris anzurufen, und die Clubkandidaten fühlten sich aufgerufen, ihrem Dichterkameraden beizustehen.

Knox griff zum Hörer. »Ich muß es tun!« sagte er. Mit kühner Hand wählte er die Nummer. Draußen standen die Jungen, als müßten sie ihn beschützen.

»Hallo?« Sowie Knox die Stimme von Chris am anderen Ende der Leitung hörte, packte ihn die Angst, und er legte wieder auf.

»Sie wird mich hassen! Die Danburrys werden mich hassen! Meine Eltern werden mich umbringen!« Er sah sich um und versuchte in ihren Gesichtern zu lesen. Keiner sagte ein Wort. »Na schön, verdammt noch mal, ihr habt ja recht! Und wenn es mich umbringt, ›Carpe diem!‹«

Er nahm den Hörer ab und wählte wieder. »Hallo?« Er hörte ihre Stimme.

»Hallo, Chris«, sagte er, »hier spricht Knox Overstreet.«

»Knox . . . o ja, Knox. Freue mich, daß du anrufst.«

»Wirklich?« Er legte die Hand auf den Hörer und teilte seinen Freunden aufgeregt mit: »Sie freut sich, daß ich sie anrufe!«

Dann sagte Chris: »Ich wollte dich nämlich auch schon anrufen. Aber ich hatte deine Nummer nicht. Chets Eltern verreisen an diesem Wochenende, und da gibt Chet eine Party. Kommst du?«

»Na klar!« sagte Knox strahlend.

»Du darfst aber nicht darüber quatschen, weil Chets Eltern nicht Bescheid wissen. Aber du kannst ruhig eine Freundin mitbringen.«

»Ich komme«, sagte Knox aufgeregt. »Bei den Danburrys. Freitag abend. Danke, Chris.«

Überwältigt legte er auf und stieß einen Siegesschrei aus. »Ist das zu glauben? Sie lädt mich zu einer Party ein!«

»Eine Party bei Chet Danburry«, erinnerte ihn Charlie.

»Na gut.«

»Na und?« sagte Charlie.

Knox verteidigte sich. »Na und?«

»Du bildest dir also ein, daß sie mit dir zu der Party geht?«

»Ach, Blödsinn, Charlie, natürlich nicht. Aber darauf kommt es doch gar nicht an. Darauf kommt es überhaupt nicht an!«

»Worauf kommt es denn an?« wollte Charlie wissen.

»Es kommt drauf an, daß sie an mich gedacht hat!«

Charlie schüttelte den Kopf. »Ach so.«

Knox hüpfte vor Freude in die Höhe. »Ich habe sie nur einmal getroffen, und schon denkt sie an mich! Verdammt noch mal, jetzt wird es wahr. Ich kriege sie!«

Als er aus der Telefonzelle rannte, berührte er mit den Füßen kaum die Erde. Seine Freunde sahen einander an und schüttelten die Köpfe.

»Wer weiß?« sagte Charlie.

»Ich hoffe nur, daß er nicht enttäuscht wird«, sagte Neil.

9. KAPITEL

Auf dem Fahrrad strampelte Neil eilig über den Dorfplatz. Er war auf dem Weg zur Probe in Henley Hall. Er fuhr an dem Rathaus und an einer Reihe von Geschäften vorbei, dann ging es auf der stillen Landstraße weiter, bis er zu den weißen Ziegelbauten von Henley Hall kam. Er brachte sein Fahrrad durchs Tor und stellte es vor dem Gebäude am Fahrradständer ab.

»Beeil dich, Neil! Ohne Puck können wir diese Szene nicht proben.«

Lächelnd lief Neil auf die Bühne, nahm der Requisiteurin den Narrenstab ab und begann:

»Dreie nur? – Fehlt eins noch hier:
Zwei von jeder Art macht vier.
Seht, sie kommt ja, wie sie soll . . .
Amor steckt von Schalkheit voll,
Macht die armen Weiblein toll.«

Puck schaute über die Bühne, wo eine liebestolle Hermia, von Ginny Danburry gespielt, wild um sich blickend und erschöpft aussehend auf die Bühne kroch.

Die Regisseurin, eine blonde Lehrerin, etwa um die 40, fiel Ginny ins Wort und wandte sich an Neil. »Das war gut, Neil«, sagte sie. »Ich habe wirklich das Gefühl, daß du den Puck in den Griff kriegst. Du mußt nur immer daran denken, daß er bei allem, was er tut, mit ganzer Seele dabei ist!«

Neil nickte und wiederholte mit koboldhaftem

Charme: »Amor steckt von Schalkheit voll, macht die armen Weiblein toll.«

Großartig«, sagte die Regisseurin lächelnd. »Und jetzt du, Ginny!«

Ginny kroch wieder auf die Bühne und begann:

»Wie matt, wie krank! Zerzaust von Dornensträuchen,
Von Tau beschmutzt und tausendfach in Not,
Ich kann nicht weiter gehn, nicht weiter schleichen.«

Die anderen Schülerinnen kamen auf die Bühne, und die Regisseurin hob die Hand. Die Probe war vorbei. »Bis morgen!« rief Neil. In der Abenddämmerung ging er zum Fahrradständer. Von der Erregung des Schauspiels hatte er noch blitzende Augen, und sein Gesicht war gerötet. Durch die verschlafene Vermonter Stadt radelte er zur Welton-Akademie. Dabei sprach er die Verse, die er gerade geprobt hatte.

Vorsichtig näherte sich Neil dem Welton-Tor. Es durfte ihn ja niemand sehen. Er fuhr den Hügel hinauf und stellte das Rad am Ständer ab. Als er auf das Haus zukam, sah er Todd an der Wand sitzen.

»Todd!« rief er und ging auf ihn zu. Todd saß ohne Mantel im Dunkeln und bibberte. »Was ist?« fragte Neil. Todd gab keine Antwort. Neil setzte sich neben ihn und fragte: »Was ist los? Hier erfriert man doch!«

»Ich habe heute Geburtstag«, sagte Todd tonlos.

»Ja, wirklich?« sagte Neil. »Warum hast du mir das nicht früher gesagt? Ich gratuliere dir! Hast du was geschenkt bekommen?«

Todd saß ganz still da, doch er klapperte mit den Zähnen. Er zeigte auf eine Schachtel. Neil machte die Schachtel auf. Darin war das gleiche Schreibset, das Todd schon im Zimmer hatte.

»Das ist doch dein Schreibset«, sagte Neil. »Das verstehe ich nicht.«

»Genau dasselbe haben sie mir zum letzten Geburtstag geschenkt!« rief Todd. »Das wissen sie überhaupt nicht mehr!«

»Ach«, sagte Neil leise.

»Ach ja«, sagte Todd ironisch.

»Na ja, vielleicht haben sie gedacht, du brauchst wieder eins, ein neues«, sagte Neil nach langem, peinlichem Schweigen. »Vielleicht haben sie gedacht . . .«

»Vielleicht haben sie überhaupt nicht an mich gedacht, sondern nur an meinen Bruder!« sagte Todd wütend. »Um seinen Geburtstag machen sie immer ein großes Getue.« Er blickte auf das Schreibset und fing an zu lachen. »Das Komische daran ist, daß mir das erste schon nicht gefallen hat!«

»Hör mal, Todd«, sagte Neil, »du unterschätzt den Wert dieses Schreibsets.« Er schlug extra einen spöttischen Ton an, um Todd auf andere Gedanken zu bringen.

»Was willst du damit sagen?«

»Ich will damit sagen«, meinte Neil, »daß du ein besonders schönes Geschenk bekommen hast! Andere kriegen einen Football oder einen Baseballschläger oder ein Auto, aber wer kriegt schon ein so wunderbares Schreibset wie du?«

»Jaaa!« rief Todd und lachte, von Neils guter Laune angesteckt. »Guck dir nur mal dieses Lineal an!«

Sie lachten beide. Sie sahen auf das Schreibset, und allmählich wurde es stockdunkel und kalt. Neil schauderte.

»Weißt du, was Dad mir gesagt hat, als ich älter wurde? ›5,98.‹ So viele Dollars ist der menschliche Körper wert, wenn man ihn auf seine chemischen Bestandteile reduziert und sie dann verkauft. Er hat mir eingebleut, daß ich auch nicht mehr wert wäre, wenn ich nicht Tag für Tag an mir arbeitete. Ich wäre immer nur 5,98 Dollar wert.«

Neil schüttelte ungläubig den Kopf. *Kein Wunder, daß Todd so verklemmt ist,* dachte er.

»Als ich noch ein kleiner Junge war«, sagte Todd, »dachte ich, daß alle Eltern automatisch ihre Kinder liebten. Das erzählten mir die Lehrer. Das hatte ich in den Büchern gelesen, die man mir in die Hand gab. Daran glaubte ich. Na ja, kann sein, daß meine Eltern meinen Bruder geliebt haben, aber mich haben sie jedenfalls nicht geliebt.«

Gequält stand Todd auf, holte tief Luft und ging in die Unterkunft. Neil saß regungslos auf der kalten Steinmauer und suchte krampfhaft nach Worten. »Todd . . .«, rief er unsicher. Dann lief er hinter seinem Zimmerkameraden her.

»He!« schrie Cameron, als die Jungen am nächsten Nachmittag in Mr. Keatings Klassenzimmer strömten. »Hier an der Tafel steht, daß wir in den Hof kommen sollen!«

Pitts grinste erwartungsfroh. »Wer weiß, was Mr. Keating heute mal wieder vorhat.«

Die Jungen liefen durch die Halle nach draußen in den kalten Hof. Mr. McAllister steckte den Kopf aus der Tür seiner Klasse und schaute ihnen mit verdrießlichem Kopfschütteln nach.

»Leute«, sagte Keating, nachdem sich die Jungen um ihn versammelt hatten. »In eure Arbeit hat sich ein gefährliches Element der Gleichförmigkeit eingeschlichen. Mr. Pitts, Mr. Cameron, Mr. Overstreet und Mr. Chapman, stellen Sie sich bitte hier auf!« Er wies den vier Jungen einen Platz in seiner Nähe an. »Ich zähle bis drei, und dann gehen Sie bitte miteinander um den Hof herum. Sie brauchen dabei nichts Besonderes zu beachten. Zensuren werden nicht erteilt. Eins, zwei, drei, los!«

Die Jungen gingen los. Sie gingen an einer Hofseite entlang, wandten sich am Ende nach links, kamen an der anderen Seite zurück, und dann nach erneuter Linkswendung wieder zum Ausgangspunkt.

»So ist's recht«, sagte Keating. »Machen Sie bitte weiter!«

Wieder gingen die Jungen einmal um den Hof. Die Klasse sah ihnen dabei mit ihrem Lehrer zu. Bald fielen sie in Gleichschritt, und das Pflaster erdröhnte leise im Marschrhythmus. So ging es weiter – links, zwei, drei, vier – und dann klatschte Keating im Takt dazu.

»Das ist es . . . Hören Sie es?« rief er und klatschte lauter. »Eins-zwei, eins-zwei, eins-zwei, eins-zwei . . . Wir haben unseren Spaß in Mr. Keatings Stunde . . .«

McAllister saß in seinem leeren Klassenzimmer und sah Klassenarbeiten nach. Durchs Fenster beobachtete er, was draußen vorging. Die vier Marschierer waren jetzt richtig in Schwung gekommen. Sie hoben die Beine und schwangen gleichmäßig die Arme vor und zurück und behielten immer den Rhythmus bei. Jetzt klatschte die ganze Klasse im Takt mit.

Von dem Klatschen und den Anfeuerungsrufen gestört, ließ Rektor Nolan seine Arbeit liegen und sah durchs Fenster auf die Exerzierübungen im Hof hinab. Er legte die Stirn in mißbilligende Falten, als er sah, wie Keating klatschte und seiner Klasse irgend etwas zurief. *Was in aller Welt treiben die denn da?* fragte er sich.

»Alles klar, halt!« rief Mr. Keating den Marschierern zu. »Sie werden bemerkt haben, daß zu Beginn Mr. Overstreet und Mr. Pitts einen anderen Schritt als die beiden anderen hatten – Pitts mit seinen langen Beinen, Knox mit seinem leicht federnden Gang. Aber nach kurzer Zeit fielen sie alle in Gleichschritt. Und durch unser Klatschen wurde das noch deutlicher.«

Keating sah sich im Kreise um. »Nun war dieses Experiment nicht dazu bestimmt, Pitts oder Overstreet besonders herauszustellen. Vielmehr zeigt es uns, wie schwierig es für jeden von uns ist, in Gegenwart von anderen unserer eigenen Stimme zu lauschen und an unseren Glaubenssätzen festzuhalten. Wenn jemand von Ihnen meint, er wäre anders marschiert, dann brauche ich ihn nur daran zu erinnern, daß er ja auch im selben Takt mitgeklatscht hat. Jungs, jeder von uns wünscht sich, anerkannt zu werden, aber ihr müßt an das Einmalige und Abweichende in euch glauben, auch wenn es sonderbar und unpopulär sein mag. Wie Frost einmal sagte: ›Im Wald traf ich auf zwei verschiedene Wege, und ich – ich nahm den weniger begangenen, und das entschied mein ganzes Leben.‹«

Es läutete. Aber die Jungen blieben wie angewurzelt stehen, sahen Keating an und verdauten, was er ihnen gesagt hatte. Dann bot Keating ihnen den Abschiedsgruß und ging davon. Die Klasse löste sich auf.

Nolan trat vom Fenster zurück. *Was soll ich nur mit diesem Mann machen?* dachte er. McAllister dagegen mußte über Keatings absonderliche Einfälle lachen, bevor er sich wieder an die Hefte der Schüler begab.

Die Jungen gingen über den Hof zur nächsten Stunde. »Nach dem Abendessen treffen wir uns in der Höhle«, sagte Cameron zu Neil.

»Um welche Zeit?«

»7.30 Uhr.«

»Ich sage es weiter«, meinte Neil. Dann ging er zu Todd.

Am Abend saßen Todd, Neil, Cameron, Pitts und Meeks in der Höhle und wärmten sich am Feuer die Hände. Draußen hatte sich dichter Nebel zusammengezogen, und die Bäume schwankten geräuschvoll in den Windböen.

»Heute abend ist es gespenstisch«, sagte Meeks erschauernd und rückte näher ans Feuer. »Wo ist denn Knox?«

»Macht sich für die Party fertig«, sagte Pitts und lachte.

»Und was macht Charlie?« wollte Cameron wissen. »Er hat uns doch heute herbestellt.«

Die anderen zuckten die Achseln. Neil eröffnete den Treff. »Ich ging in die Wälder, weil ich bewußt leben wollte . . . ich wollte das Dasein auskosten und das Mark des Lebens einsaugen . . .« Neil hielt inne. Draußen im Wald raschelte etwas. Sie hatten es alle gehört, und es war bestimmt nicht der Wind. Komisch, es hörte sich wie Mädchenkichern an.

Dann drang tatsächlich die Stimme eines Mädchens in die Höhle. »Ich kann überhaupt nichts sehen«, sagte sie.

»Wir sind gleich da«, hörten die Jungen Charlie sagen.

Gleich darauf kam Charlie mit zwei älteren Mädchen, die laut kicherten, in die Höhle, wo das Feuer die Gesichter der darum sitzenden Jungen beleuchtete.

»He, Leute«, sagte Charlie, den Arm auf der Schulter einer hübschen Blondine, »darf ich bekannt machen? Das ist Gloria und . . .« Er verstummte und sah fragend auf Glorias Freundin, ein unauffälliges Mädchen mit dunklen Haaren und grünen Augen.

»Tina«, sagte sie befangen und nahm dann einen Schluck aus einer Bierdose.

»Tina und Gloria«, sagte Charlie glücklich, »dies hier ist die Kandidatenklasse des Clubs der toten Dichter.«

»Das ist aber ein sonderbarer Name«, sagte Gloria lachend. »Willst du uns nicht sagen, was das heißen soll?«

»Ich habe dir doch gesagt, es ist ein Geheimnis«, antwortete Charlie.

»Ist er nicht köstlich?« brachte Gloria heraus und umarmte Charlie liebevoll. Die Jungen schauten verblüfft diese wilden, exotischen Wesen an, die in ihre Höhle eingedrungen waren. Sie waren offensichtlich älter, wahrscheinlich um die 20 oder so, und die Jungen fragten sich alle das gleiche – wo hatte Charlie die aufgegabelt?

»Leute«, sagte Charlie und zog Gloria so eng an sich, daß die anderen Jungen die Augen aufrissen, »ich habe euch etwas zu verkünden. In Übereinstimmung mit dem leidenschaftlichen Experimentierertum der toten Dichter lege ich den Namen Charlie Dalton ab. Von jetzt an nennt mich Nuwanda!«

Die Mädchen kicherten, die Jungen stöhnten. »Du meinst, ich soll nicht mehr Charlie zu dir sagen, Süßer?« fragte Gloria und hängte sich an seinen Hals. »Was bedeutet denn Nuwanda, Süßer?«

»Nuwanda bedeutet Nuwanda«, sagte Charlie. »Ich habe mir den Namen ausgedacht.«

»Mir ist kalt«, sagte Gloria und schmiegte sich eng an Charlie.

»Wir holen noch ein paar Zweige für das Feuer«, sagte Meeks.

Charlie warf Meeks, der mit den anderen Jungen die Höhle verließ, einen Blick zu. Dann ging er zur Wand, kratzte etwas Erde ab und schmierte sie sich ins Gesicht wie ein indianischer Krieger. Er sah Gloria sexy ins Auge und folgte dann den anderen Jungen, um Feuerholz im Wald zu sammeln. Tina und Gloria flüsterten kichernd miteinander.

Während die Clubkandidaten durch den Wald tappten, fuhr Knox Overstreet mit dem Rad vom Campus zum Haus der Danburrys. Er stellte es seitwärts unter den Büschen ab, zog den Mantel aus und verstaute ihn im Gepäckträger. Dann rückte er sich die Krawatte zurecht, sprang die Vordertreppe zur Haustür hinauf und klopfte. Aus dem Haus dröhnte laute Musik, aber niemand kam an die Tür. Er klopfte wieder. Schließlich drehte er den Knopf und ging hinein.

Knox geriet mitten in eine wilde Party. Als erstes sah er ein Pärchen, daß sich auf der Couch in der Eingangshalle knutschte. Andere Paare saßen auf Sesseln, Couches, auf der Treppe oder auf dem Fußboden und schienen alles um sich her vergessen zu haben. Knox blieb unschlüssig in der Eingangshalle stehen. In diesem Augenblick erblickte er Chris, die mit wild zerzausten Haaren aus der Küche kam.

»Chris!« rief er.

»Oh, hei«, sagte sie gleichgültig. »Ich freue mich, daß du kommen konntest. Hast du dir jemand mitgebracht?«

»Nein«, sagte Knox.

»Ginny Danburry ist hier«, sagte Chris, schon im Weggehen. »Kannst dich ja um sie kümmern.«

»Aber Chris . . .!« schrie Knox über die dröhnende Musik hinweg.

»Ich muß Chet suchen!« schrie sie zurück. »Mach es dir gemütlich!«

Und weg war sie. Knox ließ die Schultern hängen. Er kletterte über einige Paare, die auf dem Fußboden lagen, und schaute sich niedergeschlagen nach Ginny Danburry um. *Das ist vielleicht 'ne Party,* dachte er.

Draußen bei der Höhle von Welton stolperten die Jungen im Dunkeln umher und suchten auf dem Boden nach Zweigen und Ästen.

»Charlie«, flüsterte Neil.

»Ich heiße Nuwanda.«

»Nuwanda«, sagte Neil geduldig. »Was geht hier vor?«

»Nichts«, sagte Charlie, »es sei denn, du hättest was dagegen, daß Mädchen hier sind.«

»Ach, natürlich nicht«, sagte Pitts, der eben mit Neil zusammengestoßen war. »Entschuldige. Es ist nur ... du hättest uns vorwarnen sollen.«

»Ich dachte, so was muß spontan kommen«, flüsterte Charlie. »Ich meine, das ist doch das Wichtigste, nicht wahr?«

»Wo hast du sie aufgegabelt?« fragte Neil.

»Sie gingen an dem Zaun des Fußballplatzes entlang«, erzählte er gleichmütig. »Sie sagten, sie interessierten sich für die Schule. Na, da hab ich sie zu unserem Treff eingeladen.«

»Gehen sie in Henley Hall zur Schule?« fragte Cameron.

»Ich glaube nicht, daß sie noch zur Schule gehen«, sagte Charlie.

Cameron verschluckte sich heftig. »Sind sie etwa aus der Stadt!?«

»Pst, Cameron, was ist denn mit dir los?« sagte Charlie. »Du tust ja, als wären sie deine Mütter oder so was. Hast du Angst vor ihnen?«

»Ach, Quatsch. Ich hab doch keine Angst vor ihnen! Es ist nur so: Wenn man uns mit ihnen schnappt, sind wir erledigt.«

»Sagt mal, Jungs, was treibt ihr denn da draußen?« rief Gloria aus der Höhle.

»Wir sammeln nur Holz«, rief Charlie zurück. »Gleich

sind wir wieder da.« Cameron flüsterte er zu: »Und du hältst den Mund, du Wichser! Es ist kein Grund vorhanden, Angst zu haben.«

»Von wegen Wichser! Sieh dich vor, Dalton!«

»Ach, reg dich nicht auf, Cameron!« sagte Neil.

»Ich heiße Nuwanda«, stellte Charlie richtig. Dann ging er zur Höhle. Die anderen folgten ihm. Cameron kochte vor Wut. Er sah, wie die Jungen in die Höhle gingen, ließ noch eine Minute vergehen und tat es ihnen dann nach.

Sie warfen die gesammelten Zweige und Äste auf das Feuer und setzten sich um die jetzt höher schlagenden Flammen. Pitts lachte. »Möchte mal wissen, wie es Knox ergeht.«

Neil seufzte. »Armer Kerl! Wird wahrscheinlich eine große Enttäuschung erleben.«

Ein enttäuschter Knox wanderte durch das riesige Haus der Danburrys. Er landete in der Vorratskammer. Da standen mehrere Kids und unterhielten sich. Ein Pärchen küßte sich voller Leidenschaft. Knox wollte nicht mehr hinsehen, als der Junge mit der Hand unter den Rock des Mädchens glitt. Sie bemühte sich immer, die Hand wegzustoßen. Da bemerkte Knox Ginny Danburry. Befangen lächelten sie sich an.

»Bist du Mutt Sanders' Bruder?« fragte ein hünenhafter Footballspieler-Typ, der sich gerade einen Drink mixte.

Knox schüttelte den Kopf. »Nein.«

»Bubba!« rief der Footballspieler einem anderen hünenhaften Athleten zu, der betrunken am Kühlschrank lehnte. »Sieht dieser Knabe nicht wie Mutt Sanders aus?«

»Bist du sein Bruder?« fragte Bubba.

»Kein Stück«, sagte Knox. »Noch nie von ihm gehört. Bedauere.«

»Hör mal, Steve«, sagte Bubba zu dem Footballspieler, »weißt du denn nicht, was sich gehört? Hier steht Mutts

Bruder, und du bietest ihm nicht mal einen Drink an? Willste einen Bourbon?«

»Eigentlich trinke ich keinen Alko ...« Steve hörte gar nicht hin, was Knox sagte. Er drückte ihm ein Glas in die Hand, füllte es mit Bourbon und schlenkerte dann noch einen kleinen Spritzer Coke darüber.

Bubba stieß mit Knox an. »Auf Mutt!« sagte er.

»Auf Mutt!« sagte auch Steve, der Footballspieler. »Auf ... Mutt!« stimmte Knox ein. Bubba und Steve leerten ihre Gläser auf einen Zug. Knox machte es ihnen nach und verschluckte sich. Er bekam einen Hustenanfall. Steve schenkte allen Bourbon nach. Knox hatte das Gefühl, seine Brust stände in Flammen.

»Na, was macht denn Mutt jetzt so?« fragte ihn Bubba.

»Eigentlich«, sagte Knox, immer noch hustend, »eigentlich kenne ich Mutt ... gar nicht.«

»Auf Mighty Mutt!« sagte Bubba und hob sein Glas.

»Auf Mighty Mutt!« tat ihm Steve Bescheid.

»Migthty ... Mutt!« sagte Knox. Wieder leerten sie die Gläser, und wieder mußte Knox husten. Der Footballspieler schlug ihm kräftig auf den Rücken.

»Was haste denn, Kumpel?« sagte er lachend.

»Na, ich muß jetzt mal Patsy suchen gehen«, sagte Bubba und rülpste laut. Dann schlug er Knox kräftig auf den Rücken. »Bestelle Mutt 'nen schönen Gruß von mir!«

»Wird gemacht«, sagte Knox. Er drehte sich um und sah Ginny lächelnd aus der Kammer gehen.

»Gib mir dein Glas, Kumpel!« rief Steve und goß Knox weiter Bourbon ein. Knox merkte, wie sich alles in seinem Kopf drehte.

In der Höhle flammte das Feuer. Die Jungen saßen mit Gloria und Tina dicht um den Holzstoß und starrten wie gebannt in die tanzenden Flammen. Die Kerze auf dem Kopf des »Höhlengotts« flackerte.

Tina blicke auf die verbeulte Statue und sagte: »Ich hab schon gehört, daß ihr komische Kerle seid, aber so merkwürdig habe ich es mir doch nicht vorgestellt.« Sie holte eine Halbliterflasche Whisky heraus und bot sie Neil an. Er nahm sie und trank, wobei er so tat, als wäre es für ihn das Selbstverständlichste von der Welt. Dann gab er sie Tina zurück.

»Gib sie doch weiter!« sagte sie. Das Feuer und die Wärme des Whiskys bewirkten, daß ihr nichtssagendes Gesicht plötzlich hübsch aussah.

Die Flasche kreiste. Alle taten so, als schmeckte ihnen das bittere Zeug. Im Gegensatz zu den anderen brauchte Todd nicht einmal zu husten, als er den Whisky schluckte.

»Jaaa!« sagte Gloria, von Todds gelungenem Schluck beeindruckt. »Sagt mal, fehlt euch denn gar nichts, wenn ihr hier keine Mädchen habt?« fragte sie.

»Ob uns nichts fehlt?« sagte Charlie. »Das macht uns verrückt! Mädchen sind doch gerade ein Hauptanliegen unseres Clubs. Bei dieser Gelegenheit möchte ich bekanntgeben, daß ich einen Artikel in der Schulzeitung veröffentlicht habe, in dem ich im Namen des Clubs der toten Dichter verlange, fortan auch Mädchen in Welton zuzulassen, damit wir nicht mehr alle zu wichsen brauchen.«

»Was hast du gemacht?« schrie Neil aufspringend. »Wie konntest du so was tun?«

»Ich bin doch einer der Korrektoren«, sagte Charlie stolzgeschwellt. »Ich habe den Artikel eingeschmuggelt.«

»O Gott«, stöhnte Pitts. »Jetzt ist alles vorbei!«

»Wieso denn?« fragte Charlie. »Es weiß doch keiner, wer wir sind.«

»Sie werden aber ganz schnell rauskriegen, daß du den Artikel geschrieben hast!« schrie Cameron. »Und dann kommen sie zu dir und fragen dich, was der Club der toten Dichter ist. Charlie, du hattest kein Recht, so was zu tun!«

»Ich heiße Nuwanda, Cameron.«

»Das stimmt«, gurrte Gloria und legte den Arm um Charlie. »Er heißt Nuwanda.«

»Lassen wir hier nur große Sprüche ab, oder stehen wir hinter dem, was wir sagen?« wollte Charlie wissen. »Wenn das alles sein soll, herzukommen und uns gegenseitig einen Haufen Gedichte vorzulesen, Leute, das kann doch nicht genügen!«

»Dennoch hättest du es nicht tun dürfen«, sagte Neil und ging in der Höhle auf und ab. »Du sprichst doch nicht für den Club.«

»He, nun macht euch mal keine Gedanken um eure kostbaren Hälse!« sagte Charlie. »Wenn sie mich schnappen, sage ich einfach, ich hätte mir das von dem Club nur ausgedacht. Keine Angst, eure Ärsche sind in Sicherheit. Und wißt ihr was? Gloria und Tina sind doch nicht hergekommen, um uns streiten zu sehen. Haben wir hier jetzt einen Clubtreff oder nicht?«

»Ja! Wie sollen wir uns denn entscheiden können, ob wir eintreten wollen, wenn hier kein Clubtreff stattfindet?«

Neil sah unter hochgezogenen Brauen Charlie fragend an. »Eintreten?«

Ohne sich um ihn zu kümmern, wandte Charlie sich an Tina. »Soll ich dich einem Sommertag vergleichen, die du viel lieblicher und sanfter bist . . .«

Tina schwamm in Wonne. »Oh, das ist süß!« rief sie und umarmte Charlie. Die anderen Jungen gaben sich absichtlich uninteressiert, damit man ihnen die Eifersucht nicht ansah.

»Das habe ich für dich geschrieben«, sagte Charlie zu Tina.

Vor Entzücken quollen ihr die Augen über. »Wirklich?«

Als er sah, wie Gloria vor Neid rot wurde, sagte Charlie schnell: »Für dich schreibe ich auch eins, Gloria. ›Sie schreitet schön dahin wie eine Nacht.‹«

Charlie riß nach diesen ersten Worten weit die Augen auf und erhob sich. Um seine Vergeßlichkeit zu überspielen, ging er quer durch die Höhle. Er wandte allen den Rücken zu, klappte ein Buch auf und las darin für sich etwas nach, während Gloria ihn erwartungsvoll beobachtete. Dann schlug er das Buch zu, legte es weg und wandte sich zu Gloria um. »›. . . wie eine Nacht / Mit vollem Mond und heller Sterne Glanz. / Und alle diese Zauberpracht / Sie spiegelt sich in ihrer Blicke stummem Tanz.«

Gloria kreischte vor Entzücken. »Ist es nicht wunderbar?«

Die anderen Jungen saßen mit aschfahlen Gesichtern da und kochten vor Neid auf Charlies Eskapaden. Gloria schmiegte sich eng an Charlie.

Zur gleichen Zeit litt auch Knox Overstreet an Eifersuchtsqualen, als er durch das von jungen Menschen wimmelnde Haus der Danburrys torkelte. »Mann, die Jungs haben wirklich recht gehabt«, murmelte er vor sich hin. Er dachte an Chris und Chet und wie ihn seine Freunde davor gewarnt hatten, seine Hoffnungen auf Chris zu hoch zu schrauben.

Im Haus war es dunkel. Nur der Mond schien durch die Fenster. Laute Musik der Drifters klang durch die Räume. Überall lagen engumschlungen knutschende Pärchen.

Mit dem Glas in der Hand stolperte Knox über ein Paar am Boden. Er war noch recht betrunken von den unzähligen Bourbons ohne Coke, die er mit Bubba und Steve geschluckt hatte.

»He!« schrie jemand ärgerlich. »Sieh dich vor, wo du hintrittst! Was ist mit dir los, Kumpel? Haste zuviel getrunken?«

10. KAPITEL

Entschuldige«, flüsterte Knox. Dann fiel er auf die Couch. Er lehnte sich zurück, umklammerte das halbvolle Glas und trank einen großen Schluck des bitter schmeckenden Bourbon. Er schien nicht mehr so zu brennen, wenn er ihm die Kehle hinabrann.

Allmählich erholte er sich von den Nachwirkungen der Sauferei. Er schaute sich um. Zu seiner Linken lag ein Paar, das sich anhörte wie ein keuchendes Riesentier. Zur Rechten war ein weiteres Paar, das in die Couch versunken zu sein schien. Knox wollte aufstehen. Aber da merkte er, daß das Paar, über das er gestolpert war, jetzt gegen seine Schienbeine gerollt war, so daß er nicht weg konnte. Er schaute sich um und hätte beinahe laut aufgelacht. *Na schön, dann kann ich es mir ja auch gemütlich machen,* dachte er. Die Pärchen ringsherum waren ja viel zu sehr mit sich beschäftigt, um ihn überhaupt wahrzunehmen.

Als die Musik abbrach, hörte man nur noch laute Atemzüge im Zimmer. *Das hört sich ja an wie auf einer Station für künstliche Beatmung,* dachte er. Er wünschte sich heftig eine Partnerin. Er sah nach dem Paar zu seiner Rechten. *Sieht aus, als wollte er ihr die Lippen abbeißen,* dachte er. Dann wandte er sich dem Paar zu seiner Linken zu.

»Ach, Chris, du bist ja so schön!« hörte er den Jungen sagen.

O mein Gott, das sind ja Chris und Chet! dachte Knox. Sein Herz begann schneller zu schlagen. Chris Noel saß direkt neben ihm auf der Couch!

Die Musik setzte wieder ein. Die Stimmen der Drifters

fluteten durchs Zimmer. Sie sangen »This Magic Moment«. In Knox' Kopf drehte sich alles. Chris und Chet knutschten sich wie verrückt. Knox wollte nicht hinsehen, aber sein Blick wurde immer wieder von Chris angezogen.

»Chris«, stöhnte Chet, »du bist ja so herrlich!« Chet küßte Chris leidenschaftlich, und sie lehnte sich an Knox. Im Mondschein sah Knox die Umrisse von Chris' Gesicht, ihre Halslinie, die Rundung ihrer Brüste. Rasch trank er das Glas aus und zwang sich wegzusehen.

O mein Gott, hilf mir, dachte er. Chris lehnte sich immer stärker an ihn. Knox' Gesicht war verzerrt, er kämpfte gegen die Versuchung an. Er wollte nicht hinsehen. Aber er spürte, daß er den Kampf in seinem Inneren verlieren würde.

Plötzlich wandte er sich wieder Chris zu. Vor Aufregung meinte er zu zerfließen. »Carpe busentum«, sagte er zu sich und schloß die Augen. »Ergreife den Busen!«

»Hä?« hörte er Chris zu Chet sagen.

»Ich habe nichts gesagt«, antwortete Chet.

Die beiden setzten die Küsserei fort. Knox streckte, wie von einer starken magnetischen Kraft angezogen, die Hand aus und strich Chris ganz leicht über den Hals. Dann näherte er sich ihrer Brust. Er ließ den Kopf nach hinten fallen, machte die Augen fest zu und streichelte Chris mit langsamen Bewegungen.

Chris reagierte stark. Sie glaubte natürlich, es sei Chets Hand, die sie da liebkoste. Jetzt fing auch Knox schwerer zu atmen an. »O Chet, das ist ein fabelhaftes Gefühl«, sagte Chris im Dunkeln.

»Ja?« fragte Chet überrascht. »Was denn?«

»Du weißt schon«, sagte sie geheimnisvoll.

Knox zog seine Hand weg. Chet schaute einen Augenblick auf. Dann küßte er Chris wieder. »Hör doch nicht auf, Chet!« stöhnte Chris.

»Aufhören? Womit denn?«

»Chet«

Knox legte die Hand wieder Chris an den Hals und fing erneut an, sie zu streicheln, wobei er sich langsam ihrer Brust näherte.

»Oh, oh«, stöhnte Chris.

Chet fuhr auf. Er wollte wissen, was mit Chris los war. Aber dann gab er es auf und fing wieder mit dem Küssen an. Chris stöhnte voller Wollust.

Knox lehnte den Kopf hinten an die Couch. Er atmete tief und langsam. Die Musik im Zimmer wurde lauter. Er konnte nicht länger wiederstehen. Er streichelte Chris am Oberkörper und kam ihrem Busen bedenklich nahe. Auch Chris atmete jetzt schwer. Knox geriet allmählich in Ekstase. Da fiel ihm das Glas aus der Hand.

Plötzlich packte Chet Knox an der Hand, und eine Lampe wurde jäh angeknipst. Knox sah sich dem wütenden Chet und der völlig verwirrten Chris gegenüber.

»Was machst du denn da?« schrie ihn Chet an.

Chris schirmte die Augen vor dem plötzlichen grellen Licht ab. »Knox?«

»Chet! Chris!« Knox heuchelte Überraschung. »Was macht ihr denn hier?«

»Hör mal, du . . .«, schrie Chet. Mit der Faust schlug er Knox ins Gesicht, packte ihn am Hemd, warf ihn zu Boden und stürzte sich auf den Liegenden. Wieder schlug er nach Knox' Kopf. Der versuchte, sich abzudecken. »Du kleiner Stinker!« schrie Chet. Chris bemühte sich, ihn wegzuziehen.

»Chet, du brauchst ihm wirklich nicht weh zu tun«, sagte Chris. Aber Chets Faust traf Knox wieder und wieder.

»Hör auf, Chet!« schrie Chris. »Er hat dir doch gar nichts getan!« Sie schob Chet weg. Knox wälzte sich herum und hielt sich den Kopf. »Jetzt ist's aber genug!« schrie Chris, trommelte mit den Fäusten auf Chets Brust und wollte ihn wegziehen.

Chet beugte sich über Knox, der sich die blutige Nase und das aufgeschlagene Gesicht hielt. »Entschuldige, Chris, entschuldige!« jammerte Knox.

»Willst du noch mehr Prügel haben, du kleiner ... Hä? Mach, daß du hier rauskommst!«

Chet stürzte sich wieder auf Knox, aber Chris und ein paar andere hielten ihn zurück. Dann brachten mehrere Kids Knox aus dem Zimmer.

Auf dem Weg zur Küche drehte sich der schwankende Knox noch einmal um und rief: »Chris, es tut mir leid!«

»Wenn du dich noch mal blicken läßt«, schrie Chet, »bist du ein toter Mann!«

Ohne zu ahnen, daß einer ihrer Kameraden sich in schwerer Bedrängnis befand, hielt der Club der toten Dichter noch immer seine Sitzung ab.

Das Feuer in der Höhle brannte hell und warf eigenartige Schatten an die Wand. Gloria hatte den Arm um Charlie gelegt und schaute ihn bewundernd an. Zwischen Tina und den anderen kreiste die Flasche Whisky.

»He, Jungs«, rief Charlie, »könnt ihr Tina nicht mal den Garten der toten Dichter zeigen?« Dabei deutete er mit dem Kopf zum Höhleneingang.

»Den Garten?« fragte Meeks erstaunt.

»Was für einen Garten?« fragte Pitts.

Charlie bedeutete mit den Blicken Pitts und den anderen, daß sie sich verdrücken sollten. Neil begriff und stieß Pitts mit dem Ellbogen an. Der wußte nun auch Bescheid.

»Ach ja, richtig«, sagte er. »Der Garten. Kommt, Leute!«

»Na, das ist ja 'n Ding!« rief Tina leicht verwirrt. »Einen Garten habt ihr auch?«

Jetzt waren alle aus der Höhle bis auf Meeks, der verdattert dastand. »Wovon redet ihr überhaupt?« fragte Meeks. Charlie starrte ihn an. Wenn Blicke töten könnten, wäre Meeks erledigt gewesen. »Wir haben doch gar keinen Garten, Charles, äh, Nuwanda«, sagte er.

Neil kam zurück und zog Meeks nach draußen. »Komm schon, du Idiot!« sagte Neil lachend.

Charlie wartete, bis sie draußen waren. Dann sah er Gloria an und lächelte. »Mein Gott, für einen guten Schüler ist er doch reichlich dumm!«

Gloria schaute Charlie in die Augen. Charlie lächelte. »Ich glaube, er ist sehr süß«, sagte sie.

»Ich glaube, du bist sehr süß«, sagte Charlie, seufzte, schloß die Augen und beugte sich vor, um sie zu küssen. Aber als er mit den Lippen ihren Mund berührte, stand Gloria auf.

»Weißt du, was mich an dir so anmacht?« fragte sie.

Blinzelnd schaute Charlie hoch. »Was denn?«

»Alle Jungen, die ich kennenlerne, wollen immer nur eins von mir . . . Aber du bist anders.«

»Ich bin anders?«

»Ja«, sagte sie lächelnd. »Jeder andere wäre jetzt schon über mich hergefallen.« Sie bat: »Dichte bitte noch etwas für mich!«

»Aber . . .«, stotterte Charlie.

»Bitte! Es ist wunderbar, wenn einen jemand gern hat, weil man . . . na, du weißt schon . . . eine Seele hat.« Aufstöhnend legte Charlie die Hand über sein Gesicht. Gloria drehte sich um und sah ihn an. »Nuwanda? Bitte . . .«

»Schon gut! Laß mich überlegen!« Er dachte eine Weile nach, dann rezitierte er:

»Sprecht nicht, wo treue Geister fest umschlungen,
Von Hindernissen, denn das ist nicht Liebe,
Die sich verändert durch Veränderungen
Und die getrieben wird durch äußre Triebe.«

Gloria stöhnte vor Befriedigung. »Mach weiter!« Charlie fuhr fort zu rezitieren, während Gloria immer lauter stöhnte.

»O nein, sie ist der ewig feste Turm,
Der jeder Barke leuchtet durch die Nacht,
Der unzerstörbar steht in jedem Sturm,
Erreichbar seine Höh, unmeßbar seine Macht.«

»Das ist jederzeit besser als Sex«, rief Gloria. »Das ist ROMANTIK!«

Charlie verdrehte vor Enttäuschung die Augen, aber er rezitierte weiter Gedichte bis in die Nacht.

Am nächsten Tage wurde die gesamte Schülerschaft in die Kapelle der Welton-Akademie gerufen. Ein Raunen ging durch die Reihen, als sie Platz genommen hatten und Exemplare der Schulzeitung untereinander weiterreichten.

Knox Overstreet machte sich ganz klein, um sein angeschwollenes und aufgeplatztes Gesicht zu verbergen. Neil, Todd, Pitts, Meeks, Cameron und vor allem Charlie wirkten müde und erschöpft. Pitts mußte ein Gähnen unterdrücken, als er Charlie eine Aktentasche übergab.

»Alles klar«, flüsterte Pitts. Charlie nickte.

Als Rektor Nolan die Kapelle betrat, versteckten die Schüler rasch die Zeitungen und standen auf. Mit langen Schritten ging Nolan bis ans Podium vor und bedeutete den Schülern durch eine Handbewegung, sie sollten sich setzen. Dann räusperte er sich laut.

»In der heutigen Wochenausgabe von WELTON HONORS ist ein nicht genehmigter und unanständiger Artikel erschienen, in dem gefordert wird, daß auch Mädchen in Welton zur Schule gehen dürfen. Statt meine wertvolle Zeit damit zu vergeuden, daß ich die Schuldigen ermittle – und Sie können versichert sein, daß ich sie finden werde –, fordere ich alle Schüler, die etwas über den Artikel wissen, auf, sich hier und jetzt zu melden. Wer immer die Schuldigen sind, dies ist ihre einzige Chance, den Verweis von der Schule zu vermeiden.«

Nolan schwieg und wartete auf eine Reaktion. Plötzlich läutete ein Telefon in der gespannten Stille. Schnell nahm Charlie die Aktentasche auf den Schoß und machte sie auf. Erstaunt flüsterten die Schüler untereinander. Noch nie hatte jemand in Welton eine solche Unverschämtheit zu begehen gewagt! Unerschrocken nahm Charlie den Hörer ab.

»Welton-Akademie, hallo?« sagte er so laut, daß alle es hören konnten. »Ja, er ist hier, einen Augenblick.« Mit gespieltem Ernst sagte er dann: »Mr. Nolan, es ist für Sie.«

Das Gesicht des Rektors wurde dunkelrot. »Was?« schrie Nolan.

Charlie hielt den Hörer für ihn hoch. »Es ist Gott. Er sagt, daß auch Mädchen in Welton zur Schule gehen sollen.« Kaum hatte er ausgesprochen, als ein gewaltiges Gelächter der Schüler die alte steinerne Kapelle erfüllte.

Der Rektor zögerte nicht, den Streich angemessen zu bestrafen. Bevor Charlie es sich versah, stand er mitten im Dienstzimmer Nolans. Wütend schritt der Rektor vor ihm auf und ab. »Das dreckige Grinsen wird Ihnen bald vergehen«, fuhr Nolan ihn an. »Wer war noch in die Sache verwickelt?«

»Keiner, Sir«, sagte Charlie. »Ich war's allein. Ich lese bei der Zeitung Korrektur, und da habe ich einfach Rob Cranes Artikel gegen meinen ausgetauscht.«

»Mr. Dalton«, sagte Nolan, »wenn Sie meinen, daß Sie der erste sind, der versucht, von der Schule verwiesen zu werden, dann irren sie sich. Andere sind schon vor Ihnen auf diese Idee gekommen und sind gescheitert, so wie auch Sie scheitern werden. Beugen Sie sich vor!«

Charlie gehorchte, und Nolan holte ein großes, altes Paddel heraus. In das Paddel waren Löcher gebohrt, um größeres Tempo zu erzielen. Nolan zog das Jackett aus und trat hinter Charlie.

»Zählen Sie laut mit, Mr. Dalton!« sagte Nolan. Dann ließ er das Paddel auf Charlies Gesäß herabsausen.

»Eins.« Wieder holte Nolan mit dem Paddel aus und schlug zu, diesmal noch kräftiger. Charlie zuckte zusammen. »Zwei.«

Nolan schlug, und Charlie zählte. Beim vierten Schlag war er kaum noch zu hören, und sein Gesicht war schmerzverzerrt.

Mrs. Nolan, die Gattin des Rektors und seine Sekretärin, die im Vorzimmer saß, versuchte nicht mehr hinzuhören, als die Züchtigung weiterging. In der angrenzenden Ehrenhalle arbeiteten drei Schüler, darunter auch Cameron, an Staffeleien. Sie zeichneten die Elchköpfe an den Wänden. Sie hörten, wie das Paddel Charlie traf, und eine scheue Furcht befiel sie. Cameron brachte es nicht fertig, den Elchkopf zu zeichnen.

Beim siebenten Schlag flossen Tränen über Charlies Wangen. »Zählen!« schrie Nolan.

Beim neunten und zehnten Schlag brachte Charlie keinen Ton mehr heraus. Nach dem zehnten Schlag hörte

Nolan auf und ging nach vorn, um dem Jungen ins Gesicht zu sehen. »Bleiben Sie immer noch dabei, daß dies Ihre Idee, ganz allein Ihre Idee war?« fragte er.

Charlie schluckte die Schmerzen herunter. »Ja . . ., Sir.«

»Was ist dieser ›Club der toten Dichter‹?« schrie Nolan. »Ich will Namen hören!«

Charlie fühlte sich elend. Heiser antwortete er: »Das bin ich allein, Mr. Nolan. Ich schwöre! Ich hab mir das ausgedacht.«

»Wenn ich herausfinde, daß noch andere dabei waren, Mr. Dalton, dann werde ich diese anderen von der Schule verweisen, aber Sie bleiben hier. Verstehen Sie? Jetzt stehen Sie auf!«

Charlie gehorchte. Sein Gesicht war blutrot. Er kämpfte mit den Tränen und dem Gefühl der Demütigung.

»Welton kann verzeihen, Mr. Dalton, vorausgesetzt, Sie haben den Mut, Ihre Fehler einzugestehen. Sie werden sich vor der ganzen Schule entschuldigen.«

Charlie torkelte aus Nolans Dienstzimmer und begab sich langsam zu den Unterkünften. Die Jungen hielten sich in den Zimmern auf und traten ab und zu in die Halle. Sie warteten auf die Rückkehr ihres Freundes. Als sie Charlie kommen sahen, rasten sie alle in die Zimmer und taten so, als lernten sie eifrig.

Charlie ging langsamen Schritts durch die Halle und versuchte, sich nicht anmerken zu lassen, was für Schmerzen er hatte. Als er sich seinem Zimmer näherte, kamen Neil, Todd, Knox, Pitts und Meeks auf ihn zu.

»Was ist passiert?« fragte Neil. »Bist du in Ordnung? Hat man dich von der Schule verwiesen?«

»Nein«, sagte Charlie, ohne einen anzusehen.

»Was war denn los?« fragte Neil.

»Ich soll alle anderen verpfeifen«, sagte Charlie, »mich vor der Schule entschuldigen, und dann wird allen verziehen werden.« Er machte seine Zimmertür auf und ging hinein.

»Was willst du tun?« fragte Neil. »Charlie?«

»Verdammt noch mal, Neil, mein Name ist Nuwanda«, sagte Charlie. Dann warf er den Jungen einen bedeutungsvollen Blick zu und schmiß die Tür hinter sich zu.

Die Jungen sahen einander an. Einige lächelten. Sie bewunderten ihn. Charlie hatte sich nicht unterkriegen lassen.

Am späten Nachmittag begab sich Nolan in eins der Schulgebäude und ging dort über den Korridor zu Mr. Keatings Klassenzimmer. Vor der Tür blieb er stehen, klopfte an und ging dann hinein. Drin waren Mr. Keating und Mr. McAllister im Gespräch.

»Mr. Keating, kann ich Sie mal kurz sprechen?« sagte Nolan, das Gespräch unterbrechend.

»Entschuldigen Sie«, sagte McAllister und verließ rasch das Zimmer.

Nolan sah sich um. »Das war mein erstes Klassenzimmer, John, wußten Sie das?« sagte Nolan und ging langsam durch den Raum. »Mein erster Schreibtisch«, sagte er, von der Erinnerung gepackt.

»Ich wußte gar nicht, daß Sie auch Unterricht erteilt haben«, sagte Keating.

»Englisch. Lange vor Ihrer Zeit. Es fiel mir schwer, es aufzugeben, das kann ich Ihnen sagen.« Er hielt inne und sah Keating scharf an. »John, ich höre Gerüchte, daß Sie in Ihrer Stunde unorthodoxe Lehrmethoden anwenden. Ich will damit nicht sagen, daß dies etwas mit der Verfehlung des jungen Dalton zu tun hat, aber ich brauche Sie doch wohl nicht extra darauf hinzuweisen, daß Jungen dieses Alters sehr leicht zu beindrucken sind.«

»Ihre Bestrafung hat sie mit Bestimmtheit beeindruckt«, sagte Keating.

Nolan hob kurz die Brauen. Dann ließ er die Bemerkung auf sich beruhen. »Was war das da neulich auf dem Schulhof?« fragte er.

»Schulhof?« wiederholte Keating.

»Sie ließen die Jungs herummarschieren und im Takt dazu klatschen . . .«

»Ach, das. Das war eine Übung, um etwas zu beweisen. Nämlich das Übel der Konformismus. Ich . . .«

»John, der Lehrstoff liegt fest. Er hat sich bewährt. Er funktioniert. Wenn *Sie* ihn in Frage stellen, was kann die Jungen daran hindern, es ebenfalls zu tun?«

»Ich war immer der Ansicht, der Sinn der Erziehung bestehe darin, den Schüler zum eigenen Nachdenken anzuregen«, sagte Keating.

Nolan lachte. »In dem Alter? Niemals! Tradition, John! Disziplin!« Er schlug Keating mit väterlicher Geste auf die Schulter. »Bereiten Sie sie aufs College vor, und alles übrige ergibt sich von allein!«

Mr. Nolan lächelte und ging. Schweigend sah Keating aus dem Fenster. Nach einer Weile steckte McAllister den Kopf herein. Er hatte offenbar gelauscht.

»Ich würde mir an Ihrer Stelle keine Gedanken darüber machen, daß die Jungen zu konformistisch sind, John«, sagte er.

»Warum nicht?«

»Nun, Sie selber sind doch auch aus diesen heiligen Hallen hervorgegangen, nicht wahr?«

»Ja.«

»Na also«, fuhr McAllister fort. »Wenn Sie einen überzeugten Atheisten in die Welt schicken wollen, dann verpassen Sie ihm eine streng kirchliche Erziehung! Das klappt immer!«

Keating starrte McAllister verblüfft an. Dann lachte er plötzlich laut los. Lächelnd drehte sich McAllister um und verschwand durch die Halle.

Abends ging Keating zu den Unterkünften der Jungen. Sie begaben sich gerade in Eile zu den verschiedenen Sitzungen und außerschulischen Tätigkeiten. Er ging auf Charlie zu, der mit seinen Freunden aus der Tür kam.

»Mr. Keating!« sagte Charlie überrascht.

»Das war ein alberner Streich, Mr. Dalton«, sagte Keating streng.

»Ergreifen Sie Partei für Mr. Nolan?« sagte Charlie ungläubig. »Was ist dann mit Carpe diem und dem Einsaugen des Marks des Lebens und all dem?«

»Das Mark des Lebens einsaugen heißt nicht, sich einen Knochen in den Hals zu rammen, Charles. Es gibt eine Zeit, in der Wagemut gefordert ist, und es gibt eine Zeit, in der Vorsicht am Platze ist. Und ein kluger Mann begreift, was gerade nötig ist«, sagte Keating.

»Aber ich dachte . . .«, stotterte Charlie.

»Sich einen Verweis von dieser Schule einzuhandeln ist weder klug noch wagemutig. Sicherlich ist es hier nicht ideal, aber es werden einem doch einige Möglichkeiten geboten.«

»Ja?« antwortete Charlie ärgerlich. »Welche denn?«

»Nun, wenn gar nichts anderes, dann doch die Gelegenheit, an meinen Englischstunden teilzunehmen, nicht wahr?«

Charlie lächelte. »Ja, Sir.«

Keating wandte sich den übrigen Kandidaten des Clubs der toten Dichter zu, die in der Nähe auf Charlie warteten. »Also verliert nicht den Kopf – ihr alle!« befahl er ihnen.

»Ja, Sir«, sagten sie. Keating lächelte leicht und ließ sie stehen.

Am nächsten Tag saßen die Jungen in Keatings Unterrichtsraum und sahen ihren Lehrer an die Tafel gehen und mit dicken Großbuchstaben das Wort »COLLEGE« anschreiben.

»Gentlemen«, sagte er, »heute wollen wir über eine Fähigkeit sprechen, die man unbedingt benötigt, um so viel wie möglich aus dem College herauszuholen – nämlich Bücher zu analysieren, die man gar nicht gelesen hat.« Die Jungen lachten. Er schwieg und sah sich um.

»Wahrscheinlich wird man Ihnen im College die Liebe zur Dichtkunst austreiben. Dafür sorgt man mit vielen Stunden langweiliger Textanalysen, Haarspaltereien und Kritikastern. Im College wird man Sie auch mit jeder Art von Literatur konfrontieren – mit vielen unsterblichen Zauberwerken, die Sie verschlingen sollten – und mit dem letzten Dreck, den Sie meiden sollten wie die Pest.«

Beim Sprechen ging er vor der Klasse auf und ab. »Nehmen wir an, Sie belegen eine Vorlesungsreihe mit dem Titel ›Moderne Romane‹. Während des Semesters lesen Sie Meisterwerke wie den ergreifenden *Père Goriot* von Balzac oder das bewegende *Väter und Söhne* von Turgenjew. Aber wenn man Ihnen das Thema für Ihre Abschlußarbeit stellt, werden Sie hören, daß Sie einen Essay über das Thema der Vaterliebe in *Die zweifelhafte Debütantin* schreiben sollen, einen Roman – und ich gebrauche diese Bezeichnung hier nur aus Großmut –, den kein anderer verfaßt hat als Ihr Professor selber.«

Keating legte die Stirn in Falten, als er die Jungen ansah. »Nachdem Sie die ersten drei Seiten des Buchs gelesen haben, ist Ihnen klar, daß Sie sich lieber freiwillig an die Front melden würden, als Ihren Geist mit diesem Mist zu belasten. Aber müssen Sie deshalb verzweifeln? Und eine Sechs in Kauf nehmen? Durchaus nicht. Denn Sie sind auf den Fall vorbereitet.«

Die Jungen sahen gespannt lauschend auf ihren Lehrer. Keating ging weiter vor ihnen auf und ab. »Sie schlagen *Die zweifelhafte Debütantin* auf und erfahren aus dem Klappentext auf dem Umschlag, daß das Buch von einem Mann namens Frank handelt, einem Vertreter für Farmgebrauchsgegenstände, der alles dafür opfert, um seiner Tochter Christine, einer karrieregeilen jungen Dame, ein Debüt in der vornehmen Gesellschaft zu ermöglichen. An den Anfang Ihres Essays stellen Sie die Bemerkung, daß es nicht nötig ist, die Handlung noch einmal zu erzählen, wobei Sie jedoch gleichzeitig soviel davon verraten, daß Ihr Professor überzeugt ist, Sie hätten das Buch gelesen.«

Keating holte Atem. »Als nächstes geben Sie einige allgemein bekannte, pseudoanspruchsvolle Gedanken zum besten. Sie können zum Beispiel schreiben: ›Besonders bemerkenswert sind die Übereinstimmungen zwischen dem unbarmherzigen Bild, das der Autor von der Vaterliebe zeichnet, und der modernen Theorie Freuds. Christine ist Elektra, ihr Vater ist ein gefallener Ödipus.‹ Schließlich hüllen Sie sich in dunkle Worte und schreiben ungefähr so etwas wie das folgende.«

Keating hielt inne und las nun vor: »›Am erstaunlichsten an diesem Roman ist die geradezu unheimliche Verwandtschaft mit den Lehren des indischen Hindu-Philosophen Avesh Rabesh Non. Rabesh Non hat bis in schmerzlichste Einzelheiten darüber diskutiert, wie Eltern von ihren Kindern um des dreiköpfigen Ungeheuers von Ehrgeiz, Geld und gesellschaftlichem Erfolg willen verlassen werden.‹ Beschreiben Sie nun Rabesh Nons Theorien, was man dem Ungeheuer zum Fraß vorwirft, wie man ihm den Kopf abschlägt, und so weiter und so weiter! Zum Schluß loben sie den glänzenden Stil des Professors und seinen vorbildlichen Mut, Sie mit der *Zweifelhaften Debütantin* bekanntgemacht zu haben.«

Meeks hob die Hand. »Käpten . . . und was ist, wenn man von diesem Rabesh Non überhaupt nichts weiß?«

»Rabesh Non hat es ja nie gegeben, Mr. Meeks. Sie erfinden ihn einfach oder irgendwas Ähnliches. Kein aufgeblasener College-Professor würde es wagen zuzugeben, daß er von dieser offensichtlich bedeutenden Gestalt noch nie etwas gehört hat. Statt dessen wird er Ihnen wahrscheinlich eine Beurteilung schreiben, wie ich sie mal bekommen habe.«

Keating nahm ein Blatt Papier vom Schreibtisch und las davon ab: »Ihre Hinweise auf Rabesh Non zeugen von tiefer Einsicht und wurden ausgezeichnet dargelegt. War glücklich zu erfahren, daß es außer mir noch jemand gibt, der diesen großen, aber leider vergessenen Lehrer des Ostens zu schätzen weiß. Beurteilung: Eins.«

Er legte das Blatt wieder auf den Tisch. »Gentlemen, Sie werden bei Ihrem Abschlußexamen mit Sicherheit schreckliche Bücher analysieren müssen, die Sie nie gelesen haben. Darum rate ich Ihnen, das schon mal selber zu üben. Nun kommen wir zu einigen Fallen, in denen man sich bei Examensarbeiten leicht verfängt. Nehmen Sie Schreibhefte und Bleistifte zur Hand, Jungs! Wir machen mal einen leicht verständlichen Test.«

Die Jungen taten, wie geheißen. Keating teilte die Prüfbogen aus. Vor der Tafel stellte er eine Leinwand auf. Dann ging er an die Rückwand der Klasse, wo er einen Projektionsapparat aufbaute.

»Große Universitäten sind wie Sodom und Gomorrha«, sagte er lächelnd. »Dort gibt es nämlich in Überfülle diese leckeren Bestien, die wir hier so gut wie gar nicht zu Gesicht bekommen: Frauen! Die Chancen, durch sie von der Arbeit abgelenkt zu werden, sind gefährlich hoch. Aber dieses Quiz wird Sie darauf vorbereiten. Strengen Sie sich an, denn der Test wird bewertet! Es geht los.«

Die Jungen vertieften sich in die Arbeit. Keating schaltete den Projektionsapparat an und legte das erste Diafoto ein. Auf der Leinwand erschien das Bild eines schönen Mädchens im College-Alter, das sich bückte, um einen Bleistift aufzuheben. Das Mädchen hatte eine bemerkenswert gute Figur, und sie beugte sich so weit vor, daß ihre Höschen sichtbar wurden. Die Jungen sahen von ihren Heften auf und schauten auf die Leinwand. Fast jeder nicht nur einmal.

»Konzentrieren Sie sich auf die Arbeit, Jungs!« sagte Keating. »Sie haben nur 20 Minuten Zeit.« Dabei legte er das Diafoto einer schönen Frau in spärlicher Unterwäsche aus einer Illustriertenwerbung in den Projektor ein. Die Jungen versuchten, sich zu konzentrieren, schauten aber immer wieder auf die Leinwand. Keating führte weitere schöne Frauen in freizügigen und herausfordernden Stellungen vor, darunter auch Nahaufnahmen nackter griechischer Frauenstatuen. Frauen in endloser, lockender Folge. Amüsiert beobachtete er, was für Schwierigkeiten die Jungen bekamen. Ihre Köpfe zuckten auf und ab, von der Leinwand zu den Schreibheften und zurück. Knox starrte wie verzaubert auf die Leinwand und schrieb immer wieder »Chris, Chris, Chris« in sein Heft.

11. KAPITEL

Die frische Winterluft Vermonts legte sich auf das Schulgelände von Welton. Das farbenprächtige Herbstlaub bedeckte die Erde, und heftige Winde trieben die trockenen Blätter durch die Landschaft.

In lange Kapuzenjacken mit Schals eingehüllt, gingen Todd und Neil einen Fußweg entlang, der sich an den Gebäuden entlang wand. Der Wind heulte, und Neil probte seinen Text für den *Sommernachtstraum*.

»›Hier, Schurk', mit bloßem Degen, mach nur zu!‹« deklamierte Neil in dramatischem Tonfall aus dem Gedächtnis.

»›Ich komme schon‹«, las Todd aus dem Rollenbuch Lysanders Text vor.

»›So laßt uns miteinander auf ebnen Boden gehn!‹« rief Neil durch den heulenden Wind. »Ach, ist das schön!«

»Das Stück?« fragte Todd.

»Ja, und die Schauspielerei!« schwärmte Neil. »Es muß mit das Wunderbarste auf der ganzen Welt sein. Die meisten Menschen führen nur zeitweise ein aufregendes Leben, falls sie Glück haben. Wenn ich die Rollen bekäme, von denen ich träume, dann könnte ich viele Dutzende *großartiger* Leben führen!«

Er rannte vorwärts und sprang mit theatralischen Bewegungen auf eine Steinmauer. »›Sein oder Nichtsein, das ist hier die Frage!‹ Mein Gott, zum erstenmal im Leben spüre ich wirkliches Leben! Du mußt es auch versuchen«, sagte er zu Todd und sprang von der Mauer herab. »Du solltest mal zu den Proben mitkommen. Sie brauchen immer noch Leute für die Beleuchtung und die Requisiten.«

»Nein, danke.«

»Es sind viele Mädchen dabei«, lockte ihn Neil koboldhaft. »Das Mädchen, das Hermia spielt, ist toll.«

»Ich komme zur Vorstellung«, versprach Todd.

»Putt, putt, putt ... ihr Hühnchen!« neckte ihn Neil. »Wo waren wir noch?«

»›He, bist du dort?‹« las Todd, jetzt in der Rolle des Demetrius.

»Du mußt mehr Power geben!« drängte ihn Neil.

»HE, BIST DU DORT?« brüllte Todd.

»So ist's gut! ›Folg meinem Ruf, zum Kampf ist dies kein Ort.‹« Er verbeugte sich und winkte Todd noch einmal zu. »Danke, mein Freund«, rief er. »Wir sehen uns beim Abendessen.« Er rannte in die Unterkunft. Todd blieb draußen und sah ihm nach. Dann ging er kopfschüttelnd in die Bibliothek.

Neil tanzte und hüpfte wie ein Clown den Korridor entlang. Die anderen Schüler sahen ihn neugierig an. Mit Schwung stieß er die Tür auf und sprang ins Zimmer, wobei er den Narrenstab seiner Rolle schwang.

Abrupt blieb er stehen. Am Schreibtisch saß sein Vater! Vor Schreck wurde Neil kreidebleich.

»Vater!«

»Neil, du wirst sofort mit dieser albernen Schauspielerei aufhören«, schnauzte Mr. Perry ihn an.

»Aber Vater, ich ...«

Mr. Perry sprang auf und schlug mit der Faust auf den Tisch. »Wage es nicht, mir zu widersprechen!« schrie er. »Es ist schlimm genug, daß du schon soviel Zeit mit dieser absurden Schauspielerei vergeudet hast. Aber außerdem hast du mich hintergangen!« Wütend schritt er auf und ab, während Neil zitternd vor ihm stand. »Hast du dir wirklich eingebildet, damit durchzukommen?« brüllte er. »Wer hat dich dazu angestiftet? Dieser Mr. Keating?«

»Keiner ...«, stammelte Neil. »Es sollte eine Überraschung sein. Ich habe in allen Fächern eine Eins und ...«

»Hast du denn gedacht, ich würde nicht dahinterkommen? Mrs. Marks kommt zu mir und sagt: ›Meine Nichte tritt mit Ihrem Sohn zusammen in einem Stück auf.‹ Ich sage: ›Sie müssen sich irren. Mein Sohn tritt in keinem Stück auf.‹ Du hast mich zum Lügner gemacht, Neil. Morgen gehst du zur Probe und sagst Bescheid, daß du nicht mitspielst.«

»Vater, ich spiele doch eine der Hauptrollen«, erklärte Neil. »Morgen abend ist schon Vorstellung. Vater, bitte ...«

Mr. Perry war kreidebleich vor Wut. Mit ausgestrecktem Finger ging er auf Neil zu. »Und wenn die Welt morgen abend untergeht, das kümmert mich nicht. Aber du trittst in dem Stück nicht auf! Ist das klar? IST DAS KLAR?«

Alles, was Neil herausbrachte, war: »Ja, Sir.«

Mr. Perry blieb stehen und sah seinen Sohn eine Weile scharf an. »Ich habe große Opfer für dich gebracht, Neil, damit du diese Schule besuchen kannst. Du wirst mich nicht enttäuschen.«

Mr. Perry drehte sich um und stakste hinaus. Lange Zeit blieb Neil regungslos stehen. Dann ging er an den Schreibtisch und hämmerte mit den Fäusten darauf, immer stärker, bis sie ihm lahm wurden. Tränen rollten ihm über die Wangen.

Am Abend saßen alle Kandidaten des Clubs der toten Dichter im Speisesaal von Welton. Nur Neil hatte sich mit Kopfschmerzen entschuldigt. Es sah so aus, als falle ihnen das Essen auf einmal schwer. Mit mißtrauischen Blikken ging der alte Dr. Hager an ihren Tisch.

»Mr. Dalton, mein Sohn, stimmt was nicht?« fragte er. »Haben Sie Schwierigkeiten beim Essen?«

»Nein, Sir«, antwortete Charlie. Hager sah den Jungen eine Weile zu. Dann fragte er:

»Mr. Meeks, Mr. Overstreet und Mr. Anderson, sind Sie denn Linkshänder?«

»Nein, Sir.«

»Warum essen Sie dann mit links?«

Die Jungen tauschten Blicke. Knox sprach für alle. »Wir dachten«, erklärte er, »Es sei vielleicht gut, einmal mit alten Gewohnheiten zu brechen.«

»Was ist denn verkehrt an alten Gewohnheiten, Mr. Overstreet?«

»Sie verführen zu einer mechanisierten Lebensweise, Sir«, behauptete Knox. »Sie lähmen den Geist.«

»Mr. Overstreet«, sagte Dr. Hager streng, »ich rate Ihnen, sich weniger mit dem Durchbrechen alter Gewohnheiten als vielmehr mit der guten Gewohnheit fleißigen Lernens zu beschäftigen. Haben Sie verstanden?«

»Ja, Sir.«

»Das gilt für Sie alle«, sagte Hager und sah die Jungen fest an. »Und jetzt essen Sie korrekt wie sonst weiter!«

Die Jungen gehorchten. Aber sobald er weg war, nahm Charlie den Löffel wieder in die linke Hand. Die anderen machten es ihm einer nach dem anderen nach.

Schließlich kam auch Neil in den Speisesaal. Als er an den Tisch trat, wirkte er ernst und mitgenommen. »Alles klar?« fragte Charlie.

»Besuch von meinem Vater gekriegt«, sagte Neil.

»Darfst du jetzt nicht in dem Stück mitspielen?« fragte Todd.

»Ich weiß nicht«, sagte Neil.

»Sprich doch mal mit Mr. Keating darüber!« schlug Charlie vor.

»Wozu soll das gut sein?« fragte Neil düster.

Charlie zuckte die Achseln. »Vielleicht kann er dir einen Rat geben. Vielleicht spricht er sogar mit deinem Vater.«

Neil lachte kurz auf. »Machst du Witze? Sei doch nicht albern!«

Doch was Neil auch dagegen vorbringen mochte, die Jungen blieben dabei, daß Mr. Keating vielleicht in der Lage sei, seine Probleme zu lösen. Nach dem Essen gingen sie zu den Zimmern der Lehrer ins Obergeschoß hinauf. Todd, Pitts und Neil blieben vor Mr. Keatings Tür stehen. Charlie klopfte an.

»Das ist doch blöd«, sagte Neil.

»Es ist immer noch besser, als gar nichts zu tun«, sagte Charlie. Er klopfte wieder. Aber niemand kam an die Tür.

»Er ist nicht da. Gehen wir wieder!« bat Neil.

Charlie probierte den Türknopf, und die Tür ging auf. Er ging in Keatings Zimmer. »Warten wir doch hier auf ihn!« sagte er.

»Charlie! Nuwanda!« riefen die anderen vom Flur aus. »Komm da raus!« Aber Charlie weigerte sich, herauszukommen. Die anderen berieten noch ein paar Minuten. Dann wurden sie neugierig und gingen auch in Keatings Zimmer.

Der kleine Raum wirkte leer und verlassen. Die Jungen standen verlegen herum und traten von einem Bein aufs andere. »Nuwanda«, flüsterte Pitts. »Wir dürfen hier nicht drin bleiben!«

Charlie hörte nicht auf ihn, sondern stand auf und sah sich im Zimmer um. An der Tür stand ein kleiner blauer Koffer auf dem Boden. Auf dem Bett lagen Bücher, einige ziemlich abgegriffen. Charlie ging an den Schreibtisch und nahm ein gerahmtes Bild in die Hand. Es zeigte ein schönes Mädchen, so etwa Mitte 20. Er pfiff durch die Zähne. »Wau! Seht euch das mal an!« Neben dem Foto lag ein angefangener Brief. Charlie nahm das Blatt in die Hand und las: »Meine liebe Jessica, ohne dich bin ich manchmal sehr einsam . . . blablabla. Dann kann ich nur dein schönes Bild betrachten oder die Augen schließen und mir dein strahlendes Lächeln ins Gedächtnis rufen – aber meine schwache Phantasie ist ein schlechter Ersatz für deine Gegenwart. Ach, du fehlst mir sehr, und ich wünschte . . .«

Charlie las immer weiter. Da hörten die anderen Jungen die Tür knarren. Sie gingen von Charlie weg, und dann stand Keating in der Tür. Als Charlie ihn sah, hörte er sofort mit dem Lesen auf.

»Hallo, Mr. Keating!« rief Charlie. »Schön, daß Sie kommen!«

Keating trat zu ihm, nahm ihm in aller Ruhe den Brief aus der Hand, faltete ihn zusammen und steckte ihn in die Tasche. »Eine Frau ist wie eine Kathedrale, Jungs«, sagte er. »Wann immer sich euch die Gelegenheit bietet, eine Frau anzubeten, dann tut es!« Er ging an den Schreibtisch, zog ein Fach auf und legte den Brief hinein. Dann sah er Charlie an und fragte: »Möchten Sie noch irgendwo herumstöbern, Mr. Dalton?«

»Entschuldigen Sie«, sagte Charlie. »Ich, wir . . .« Er blickte sich hilfesuchend nach den anderen um. Da trat Neil vor.

»O Käpten, mein Käpten, wir kamen her, weil ich etwas mit Ihnen besprechen wollte«, erklärte er.

»Okay«, sagte Keating, und sein Blick umfaßte die ganze Gruppe. »Ihr alle?«

»Eigentlich würde ich lieber mit Ihnen allein sprechen«, sagte Neil und sah die anderen Jungen an. Sie wirkten erleichtert, weil sie sich jetzt zurückziehen konnten, besonders Charlie.

»Ich muß noch pauken«, sagte Pitts. »Ja, wir auch«, sagten die anderen. »Bis morgen, Mr. Keating.«

Dann gingen sie eilig hinaus und schlossen die Tür hinter sich. »Ihr seid jederzeit gern gesehen«, rief Mr. Keating ihnen nach.

»Danke, Sir«, antworteten sie durch die geschlossene Tür.

Pitts gab Charlie einen Stoß vor die Schulter. »Verdammt noch mal«, sagte er, »Nuwanda, du bist ein Idiot!«

Charlie zuckte die Achseln. »Ich war einfach neugierig.«

Im Zimmer ging Neil auf und ab und blickte sich suchend um. Keating mußte lächeln. »So was«, sagte Neil. »Viel Platz hat man Ihnen aber nicht zugestanden.«

Mr. Keating lächelte schief. »Vielleicht will man verhindern, daß ich mich durch weltliche Dinge von meiner Lehrtätigkeit ablenken lasse.«

»Warum bleiben Sie überhaupt hier?« fragte Neil. »Ich meine, Sie predigen doch immer: Nutze den Tag! Ich hätte gedacht, Sie würden in die weite Welt fahren oder so was.«

»Aber hier sehe ich doch die Welt, Neil. Die neue Welt. Außerdem braucht eine Anstalt wie diese hier mindestens einen Lehrer wie mich.« Er lachte über seinen Scherz. »Sind Sie hergekommen, um sich mit mir über meine Lehrtätigkeit zu unterhalten?«

Neil holte tief Luft. »Mein Vater will, daß ich in dem Stück in Henley Hall nicht mitspiele. Aber ich denke an Carpe diem und das alles und komme mir vor wie im Gefängnis! Ich will Schauspieler werden, Mr. Keating. Die Bühne bedeutet für mich alles. Ich kann natürlich auch den Standpunkt meines Vaters verstehen. Wir sind nicht so reich wie Charlies Eltern. Aber er hat schon mein ganzes Leben verplant, ohne mich jemals zu fragen, wozu ich Lust habe!«

»Haben Sie das auch Ihrem Vater gesagt, was Sie mir eben gesagt haben?« fragte Mr. Keating. »Das über Ihre Leidenschaft für die Bühne?«

»Sie machen wohl Witze? Er würde mich umbringen.«

»Dann spielen Sie ja ihm auch nur eine Rolle vor, nicht wahr?« bemerkte Keating leise. Neil ging immer noch aufgeregt hin und her, und der Lehrer folgte ihm mit den Augen. »Neil, ich weiß, es wird Ihnen unmöglich vorkommen, aber Sie müssen mit Ihrem Vater sprechen und ihm klarmachen, wer Sie wirklich sind.«

»Aber ich weiß ja schon, was er dann sagen wird. Er wird sagen, daß die Schauspielerei nur eine vorübergehende Laune von mir ist und daß die Bühne frivol ist, und daß ich sie vergessen muß. Er wird mir sagen, was sie von mir alles erwarten, und daß ich nicht mehr daran denken darf, ›zu meinem eigenen Guten‹.«

Keating setzte sich aufs Bett. »Nun, wenn es mehr als eine vorübergehende Laune ist, dann müssen Sie ihm das beweisen. Beweisen Sie ihm durch Ihre Leidenschaft und Hingabe, daß Sie wirklich Schauspieler werden wollen! Wenn das nichts nützt – nun, inzwischen sind Sie bald 18, und dann können Sie sowieso tun, was Sie wollen.«

»18! Und was wird aus dem Stück? Die Vorstellung ist morgen abend!«

»Sprechen Sie mit ihm, Neil!« bekräftigte Keating.

»Gibt es denn keinen leichteren Weg?« fragte Neil.

»Nicht, wenn Sie sich treu bleiben wollen.«

Lange Zeit saßen Neil und Keating schweigend beieinander. Schließlich sagte Neil: »Ich danke Ihnen, Mr. Keating. Ich muß mich jetzt entscheiden, was ich tun soll.«

Während der Unterredung zwischen Neil und Mr. Keating hatten sich Charlie, Knox, Pitts, Todd und Cameron auf den Weg zur Höhle begeben. Es schneite, und die weiche weiße Schneedecke schien die Erde vor dem kalten Wind, der durchs Tal fegte, zu schützen.

In der Höhle zündeten die Jungen die Kerze an, und jeder überließ sich seinen eigenen Gedanken. Niemand berief heute die Versammlung ein. Charlie blies auf dem Saxophon eine traurige, schöne Melodie. Knox saß in der Ecke und sprach leise vor sich hin. Er arbeitete ungestüm an einem Liebesgedicht für Chris. Todd saß allein und schrieb auch etwas. Cameron lernte. Pitts stand vor der Wand und ritzte ein Zitat aus einem Buch in den Felsen.

Cameron schaute auf seine Armbanduhr. »Zehn Minuten vor dem Zapfenstreich«, erinnerte er die anderen. Keiner rührte sich.

»Was schreibst du denn da?« wandte sich Knox an Todd.

»Ich weiß nicht«, sagte Todd. »Ein Gedicht.«

»Für die Englischstunde?«

»Ich weiß nicht.«

»Leute, wenn wir nicht machen, daß wir zurückgehen, dann hagelt es Strafpunkte«, sagte Cameron. Charlie beachtete ihn nicht. Er spielte weiter Saxophon. Todd schrieb eifrig. Cameron warf ihnen noch einen Blick zu und sagte achselzuckend: »Ich haue ab.« Dann verließ er allein die Höhle.

Knox las sich sein Liebesgedicht an Chris leise vor und schlug sich auf den Schenkel. »Verdammt!« sagte er und stöhnte. »Jetzt muß ich Chris nur noch dazu bringen, daß sie dieses Gedicht liest.«

»Lies es ihr doch vor!« riet ihm Pitts. »Nuwanda hat's auch so gemacht, und er hat Erfolg damit gehabt.«

»Sie will doch nicht mal mehr mit mir sprechen,

Pitts!« rief Knox. »Ich habe bei ihr zu Haus angerufen, aber sie kam nicht ans Telefon.«

»Nuwanda hat Gloria Gedichte aufgesagt, und da ist sie schwach geworden, stimmt's, Nuwanda?«

Charlie hörte auf zu spielen. Er überlegte einen Augenblick. »Ja, das stimmt haarscharf«, sagte er. Dann blies er wieder auf dem Saxophon.

In der Ferne läutete die Glocke zur Nachtruhe. Charlie spielte sein Lied zu Ende, legte das Saxophon in den Kasten und ging aus der Höhle. Todd und Pitts rafften ihre Zettel zusammen und folgten ihm in die Nacht hinaus. Knox blieb allein in der Höhle und schaute auf sein Gedicht. Dann schob er den Zettel in ein Buch, blies die Kerze aus und rannte mit wilder Entschlossenheit durch den Wald.

»Wenn es bei ihm geklappt hat, dann wird es auch bei mir klappen«, sagte er sich. In Gedanken entwarf er einen Plan, wie er sein Gedicht bei Chris anbringen könnte.

Am nächsten Morgen lag hoher Schnee. Schon früh ging Knox aus der Unterkunft, dick eingemummelt gegen die Kälte und die eisigen Winde. Er fegte den Schnee vom Fahrrad, trug es bis zu einem geräumten Weg, stieg auf und fuhr los, die Hügel der Welton-Akademie hinunter zur Ridgeway High School.

Er ließ das Rad vor der Schule stehen und rannte wie ein Wilder in die von Kids wimmelnde Halle. Jungen und Mädchen drängten sich herein, hängten Mäntel in die Spinde, nahmen Bücher unter den Arm, unterhielten sich und machten Witze.

Knox rannte einen Flur entlang, blieb dann stehen und wechselte ein paar Worte mit einem Schüler. Danach machte er kehrt und rannte mit verdoppelter Geschwindigkeit die Treppe hinauf ins Obergeschoß.

»Chris!« Knox hatte sie sofort erspäht. Sie stand im Gespräch mit einigen Freundinnen vor ihrem Spind. Schnell raffte sie ihre Bücher zusammen. Als Knox auf sie zukam, drehte sie sich um.

»Knox! Was machst du denn hier?« Sie zog ihn von ihren Freundinnen weg in eine Ecke.

»Ich bin gekommen, um mich für neulich nacht zu entschuldigen. Ich habe dir das hier mitgebracht und ein Gedicht, das ich geschrieben habe.«

Er streckte ihr einen Strauß welker, halberfrorener Blumen hin und das Gedicht. Chris sah die Sachen an, nahm sie aber nicht entgegen. »Wenn Chet dich sieht, bringt er dich um, weißt du das nicht?« rief sie.

»Das ist mir gleich«, sagte er achselzuckend. »Ich liebe dich, Chris. Du verdienst einen besseren Mann als Chet, und der bin ich. Bitte, nimm das an!«

»Du bist verrückt, Knox!« rief sie. Es läutete, und die Schüler liefen zu ihren Klassenzimmern.

»Bitte«, sagte er flehend. »Ich habe mich wie ein Blödmann benommen, das weiß ich selber. Bitte!«

Chris blickte auf die Blumen und schien zu überlegen, ob sie sie annehmen sollte. Dann schüttelte sie den Kopf. »Nein! Und höre auf, mir nachzustellen!« Sie ging in eine Klasse und machte die Tür hinter sich zu.

Der Flur war jetzt leer. Knox stand da, in der Hand die Blumen, die die Köpfe hängen ließen, und das Gedicht. Einen Augenblick zögerte er noch. Dann zog er die Tür auf und ging in Chris' Klassenzimmer.

Die Schülerinnen nahmen gerade ihre Plätze ein. Knox schob sich an dem Lehrer vorbei, der, über das Pult eines Schülers gebeugt, ihm etwas zu seiner Hausarbeit erklärte.

»Knox!« rief Chris. »Das ist doch nicht zu glauben!«

»Du brauchst nichts weiter zu tun, als dir mein Gedicht anzuhören«, sagte er, entfaltete den Bogen Papier und begann vorzulesen. Der Lehrer und die übrige Klasse drehten sich um und schauten Knox befremdet an.

»Der Himmel schuf ein Mädchen namens Chris
Mit goldener Haut und goldenem Haar.
Sie zu berühren, ist das Paradies,
Und sie zu küssen – Seligkeit fürwahr.«

Chris wurde rot und schlug die Hände vors Gesicht. Ihre Freundinnen wechselten erstaunte Blicke und konnten sich vor Lachlust kaum beherrschen. Knox las weiter:

»Sie schufen eine Göttin, Chris genannt,
Ein Wunder – wie's geschah, ich weiß es nicht.
Doch fesselt mich an sie ein Liebesband.
Ich liebe ihren Körper, ihr Gesicht.«

Knox las weiter, als wären Chris und er ganz allein im Zimmer.

»Ihr Lächeln ist unendlich süß,
Ein Blick auf sie – ich war verliebt.
Was einmal werden wird? Ich weiß nur dies:
Ich bin schon glücklich, weil's sie gibt.«

Knox ließ das Blatt sinken und sah Chris an, die in höchster Verlegenheit durch die Finger zu ihm hochblinzelte. Knox legte ihr Gedicht und Blumen auf das Pult.

»Ich liebe dich, Chris«, sagte er. Dann drehte er sich um und ging aus der Klasse.

12. KAPITEL

Knox floh aus der Ridgeway High School und radelte, so schnell er konnte, nach Welton zurück. Er fuhr gegen das blendende Schneetreiben über vereiste Straßen. In der Schule war gerade die Stunde bei Mr. Keating zu Ende. Seine Freunde standen um Mr. Keatings Schreibtisch und lachten. Es läutete.

»Das wär's, Gentlemen«, sagte Keating und klappte sein Buch zu. Mehrere Jungen stöhnten. Es paßte ihnen gar nicht, daß sie jetzt zu Mr. McAllister zum Lateinunterricht mußten.

»Neil, kann ich Sie mal einen Augenblick sprechen?« rief der Lehrer. Die anderen Jungen rafften ihre Bücher zusammen und gingen zur Tür hinaus.

Neil und Keating warteten ab, bis alle draußen waren. »Was hat Ihr Vater gesagt?« erkundigte sich Keating. »Haben Sie mit ihm gesprochen?«

»Ja«, log Neil.

»Wirklich?« sagte Keating aufgeregt. »Haben Sie Ihrem Vater das gleiche gesagt wie mir? Haben Sie ihm Ihre Leidenschaft für die Bühne offenbart?«

Neil hatte das Gefühl, als nähme seine Lüge jeden Augenblick größere Dimensionen an. »Ja. Er war zwar nicht gerade begeistert, aber er läßt mich wenigstens in dem Stück mitspielen. Er selber kann allerdings nicht kommen. Er muß geschäftlich nach Chicago. Aber ich glaube, er läßt mich weiterspielen. Vorausgesetzt, daß meine Zeugnisse nicht schlechter werden.«

Neil vermied Mr. Keatings Blick. Seine Lügen waren

ihm selber so peinlich, daß er nicht mal hörte, was der Lehrer zu ihm sagte. Er packte seine Bücher zusammen und sagte, er müsse sich beeilen. Keating sah ihm verdutzt nach.

Als Knox schließlich das Schulgelände erreichte, stellte er das Fahrrad in der Nähe der Küche hinter dem Hauptschulgebäude ab und rannte hinein. Er war durchgefroren, aber er triumphierte. Einen Augenblick blieb er im Küchenbereich stehen, um die Wärme und den Duft auszukosten. Gerade kamen süße Brötchen aus dem Backofen, und er nahm sich gleich eins mit. Die Schüler gingen eben von einem Klassenzimmer ins andere, als er auf dem Flur ankam, und seine Freunde erspähten ihn sofort.

»Na, wie ist es abgelaufen?« fragte Charlie. »Hast du es ihr vorgelesen?«

»Ja!« antwortete Knox grinsend und schluckte den letzten Bissen des Brötchens herunter.

Pitts gab ihm gratulierend einen Klaps auf die Schulter. »Na, prima! Und was hat sie gesagt?«

»Ich weiß nicht«, sagte Knox.

»Was soll das heißen: du weißt nicht?« fragte Charlie erstaunt.

Bevor Knox ihnen entwischen konnte, drängten die Jungen ihn in ein leeres Klassenzimmer und machten die Tür hinter sich zu. »Okay, Knox«, sagte Charlie, »jetzt erzählst du uns mal alles von Anfang an!«

An diesem Abend standen die Jungen auf dem Flur vor ihren Zimmern. Sie warteten auf Mr. Keating, der sie zu der Vorstellung des *Sommernachtstraums* in Henley Hall fahren wollte. Knox saß für sich zusammengesunken auf einem Stuhl, immer noch im Bann seiner Begegnung mit Chris, zu gleicher Zeit begeistert wie verwirrt.

»Wo ist Nuwanda?« fragte Meeks. »Wenn wir uns nicht beeilen, verpassen wir noch Neils ersten Auftritt!«

»Er hat gesagt, daß er sich vor dem Weggehen erst noch rot anmalen müsse«, sagte Pitts achselzuckend.

»Was soll denn das nun wieder heißen?« fragte Cameron.

»Du kennst doch Charlie«, sagte Pitts lachend. Im selben Augenblick polterte Nuwanda die Treppe herab.

»Was ist das mit dem Rotanmalen?« fragte ihn Meeks. Charlie sah sich vorsichtig um und knöpfte dann sein Hemd vorn auf. Auf die Brust hatte er sich einen großen roten Blitz gemalt.

»Wozu soll das gut sein?« wollte Todd wissen.

»Das ist ein indianisches Kriegersymbol und bedeutet Männlichkeit. Ich fühle mich damit ungeheuer potent. Habe das Gefühl, daß ich alle Mädchen verrückt nach mir machen kann.«

»Aber was ist, wenn sie es sehen, Nuwanda?« fragte Pitts.

Charlie kniff verschmitzt ein Auge zu. »Um so besser!«

»Du bist verrückt«, sagte Cameron, und die Gruppe zog durch die Halle. Als sie sich dem Ausgang näherten, kam gerade Chris herein und ging auf sie zu.

»Chris!« Knox war nahe daran, in Ohnmacht zu fallen. Sein Herz schlug einen wilden Wirbel.

»Knox, warum hast du mir das angetan?« rief Chris.

Knox schaute sich um. »Du darfst hier nicht bleiben!« sagte er und drängte sie in eine Ecke. Mr. Keating kam, zur Abfahrt bereit, durch die Halle und gesellte sich zu der Gruppe von Jungen an der Tür. »Kommen Sie, Männer!« sagte er lächelnd, und alle gingen hinaus.

»Ich komme gleich nach!« rief Knox hinter ihnen her. Dann führte er Chris aus dem Gebäude in den verschneiten Abend.

»Wenn sie dich hier schnappen, kriegen wir beide großen Ärger«, sagte Knox und klapperte vor Kälte mit den Zähnen.

»So?« rief sie. »Aber du kannst zu mir in die Schule kommen und mich vor allen Leuten lächerlich machen, ja?«

»Pst, sei doch still! Hör zu, ich wollte dich bestimmt nicht lächerlich machen«, versuchte er sich zu entschuldigen.

»Na, das hast du aber getan! Chet hat es erfahren und ist außer sich vor Wut. Er wollte herkommen und dich umbringen. Es war keine Kleinigkeit, ihn davon zurückzuhalten, kann ich dir sagen! Du mußt mit diesem Unsinn aufhören, Knox!«

»Aber ich liebe dich doch.«

»Du sagst das immer wieder. Dabei kennst du mich überhaupt nicht!«

Keating und die Jungen warteten in dem Kombiwagen der Schule auf Knox. Sie hupten laut. »Fahrt schon los!« schrie er. »Ich komme zu Fuß nach!« Daraufhin fuhr der Wagen ab. Knox drehte sich wieder zu Chris um. »Aber natürlich kenne ich dich!« sagte er. »Schon beim erstenmal, als ich dich sah, wußte ich, daß du eine wunderbare Seele hast.«

»Einfach so?« fragte sie.

»Natürlich einfach so. Das geschieht immer, wenn man merkt, daß man füreinander bestimmt ist.«

»Und wenn du nun ganz schiefliegst? Wenn ich nicht das Geringste für dich übrig hätte?«

Knox ließ sich nicht beirren. »Dann wärst du doch nicht hergekommen, um mich vor Chet zu warnen.«

Das brachte Chris ins Grübeln. Dann sagte sie: »Hör mal, ich muß jetzt gehen. Sonst komme ich zur Vorstellung noch zu spät.«

»Gehst du mit Chet ins Theater?«

»Mit Chet ins Theater? Du machst wohl Witze?«

»Dann können wir doch zusammen gehen«, schlug Knox vor.

»Knox, du bist abscheulich!«

»Gib mir nur eine Chance! Wenn du nach dem heutigen Abend der Meinung bist, daß du mich nicht magst, dann lasse ich dich für immer in Ruhe.«

»Ach was!« sagte Chris mit einem spöttischen Lächeln.

»Ich verspreche es dir. Bei der Ehre der toten Dichter. Komm heute abend mit mir! Wenn du mich danach nie mehr sehen willst, ziehe ich mich zurück.«

Chris schwankte noch. »Wenn Chet aber erfährt, daß wir beide . . .«

»Chet wird es nie erfahren«, versprach ihr Knox. »Wir setzen uns in die letzte Reihe und verdrücken uns, sobald es aus ist.«

»Knox, wenn du mir versprichst, daß es danach aus ist . . .«

»Bei der Ehre der toten Dichter!« sagte er und hob die Hand.

»Was heißt das?«

»Mein Ehrenwort.« Er legte die Hand aufs Herz und sah Chris völlig ernst an. Dann hakte er sich bei ihr ein und führte sie auf den Weg nach Henley Hall. Widerstrebend ließ sie es zu.

Mr. Keating und die anderen Schüler hatten schon längst vordere Plätze eingenommen, als Knox mit Chris die Aula der High School betrat. Sie setzten sich in die letzte Reihe. Aber die Jungen entdeckten ihn, als er mit Chris da saß, und machten ihm aufmunternde Zeichen.

Auf der Bühne begann die Vorstellung. Neil hatte, einen Blumenkranz um die Stirn, seinen ersten großen Auftritt als Puck. Der Club der toten Dichter spendete ihm lauten Auftrittsbeifall. Erschrocken spähte Neil ins Publikum. Todd kreuzte abergläubisch die Finger.

»He, Geist! Wo geht die Reise hin?« begann Neil als Puck.

»Über Täler und Höhn«, antwortete die Darstellerin der Elfe, »durch Dornen und Steine . . .« Mr. Keating sah die Jungen in seiner Reihe an und hielt fröhlich den Daumen hoch.

»Du hast's geraten, / Ich schwärme nachts umher auf solche Taten. / Oft lacht bei meinen Späßen Oberon. / Ich locke wiehernd mit der Stute Ton / Den Hengst, dem Hafer in die Nase sticht . . .«

Neil sprach die Verse locker und mit überzeugendem Ausdruck. Seine Freunde ließen kein Auge von ihm. Er holte Lacher an den richtigen Stellen und genoß jeden Augenblick der Vorstellung. Todd murmelte stumm seine Verse mit, als ob er damit Neil helfen könnte. Aber Neil brauchte gar keine Hilfe.

»Er ist gut«, flüsterte Charlie aufgeregt seinen Freunden zu. »Er ist wirklich gut!«

Bald traten Lysander und Hermia auf. Ginny Danburry spielte die Rolle der Hermia. Sie trug ein aufsehenerregendes Kostüm aus Blättern und Zweigen.

»*Ein* Rasen diene als Kissen für uns zwei: / *Ein* Herz, *ein* Bett, zwei Busen, *eine* Treu.«

»Ich bitt euch sehr!« entgegnete Ginny als Hermia. »Um meinetwillen, Lieber! / Liegt nicht so nah! Liegt weiter dort hinüber!«

Charlie blätterte in dem Programm auf der Suche nach dem Namen des Mädchens, das die Hermia spielte. »Ginny Danburry! Wie schön sie aussieht!« Seufzend blickte er wieder auf das Kostüm aus Blättern und Zweigen.

Ginny sprach: »Doch aus Gefälligkeit und Lieb, ich

bitte, / Rückt weiter weg, so weit, wie nach der Sitte / Der Menschen sich, getrennt von einem Mann, / Ein tugendsames Mädchen betten kann! / Der Raum sei zwischen uns. Schlaf süß! Der Himmel gebe, / Daß, bis dein Leben schließt, die Liebe lebe!«

Charlie saß da und war von ihr verzaubert. Während dieser Szene zwischen Ginny und dem Darsteller des Lysander stand Neil in den Kulissen und spähte in den Zuschauerraum. Plötzlich sah er, wie sein Vater die Aula betrat und sich hinten hinstellte. Sein Pulsschlag erhöhte sich, aber seine Miene blieb ruhig.

Auf der Bühne kamen Lysander und Ginny ans Ende ihrer Szene. »Mög alle Ruh des Schlafes bei dir wohnen!« sagte Lysander.

»Des Wunsches Hälfte soll den Wünscher lohnen!« erwiderte Hermia.

Das Paar legte sich auf die Bühne und schlief ein. Ein musikalisches Zwischenspiel untermalte Pucks erneuten Auftritt.

Während dieser lyrischen Musikträumerei bewegte sich Neil ungezwungen, heiter und doch mit einer magischen Ausstrahlung auf den Brettern. Während des zeitlupenhaften Zwischenspiels wurden auch die anderen Personen angeleuchtet. Charlie blickte gebannt auf Hermia. Mr. Keating, Todd und die anderen Jungen genossen bewundernd die ganze Vorstellung. Knox jedoch sah nur wenig von dem Geschehen auf der Bühne, denn er schaute unverwandt Chris an. Chris ließ sich zwar nichts anmerken, aber sie fühlte, wie sie sich allmählich in Knox verliebte.

Als das Stück zu Ende war, stand Neil als Puck allein auf der Bühne. Er richtete seine letzten Worte an das ganze Publikum, aber in Wirklichkeit sprach er sie zu seinem Vater, der immer noch hinten in der Aula stand.

»Wenn wir Schatten euch beleidigt,
Oh, so glaubt, und wohl verteidigt
Sind wir dann: ihr alle hier
Hättet nur geschlummert hier
Und geschaut in Nachtgesichten
Eures eignen Hirnes Dichten.
Wollt ihr diesen Kindertand,
Der wie leere Träume schwand,
Liebe Herrn, nicht gar verschmähn,
Sollt ihr bald was Beßres sehn.
Wenn wir bösem Schlangenzischen
Unverdienterweis entwischen,
So verheißt auf Ehre Puck
Euch bald schönren Bühnenschmuck.
Ist ein Schelm zu heißen willig,
Wenn dies nicht geschieht, wie billig.
Nun gute Nacht! Dies Spiel zu enden,
Begrüßt uns mit gewognen Händen!

Nach Neils Schlußmonolog fiel der Vorhang, und das Publikum spendete begeisterten Beifall. Wer von den Jungen noch Zweifel an Neils schauspielerischem Talent gehegt hatte, war jetzt eines Besseren belehrt, und als sie sich erhoben, um ihm eine stehende Ovation darzubringen, taten es ihnen alle anderen Zuschauer nach. Unzähligemal mußten Neil und das übrige Ensemble vor den Vorhang treten, so ausdauernd klatschten sie.

Dann verbeugten sie sich jeder einzeln. Ginny erhielt starken Beifall. Charlie klatschte besonders laut und schrie: »Bravo!« Sie lächelte ihn von der Bühne her an. Knox sah lächelnd Chris in die Augen, hörte auf zu applaudieren und nahm ihre Hände in seine. Sie ließ es ohne Widerstand geschehen.

Als dann Neil auf die Bühne kam und sich verbeugte,

bejubelten ihn seine Freunde wie wild. Nach den Beifallskundgebungen kamen die Schauspieler nach und nach von der Bühne in die Aula zu den Zuschauern. Mehrere Leute rannten wiederum auf die Bühne, um zu gratulieren.

Über Mikrofon gab die Regisseurin bekannt: »Familienmitglieder und Freunde werden gebeten, sich mit den Darstellern im Foyer zu treffen!«

»Neil!« riefen Todd und die anderen. »Wir treffen uns im Foyer! Du warst ganz große Klasse!«

Auf der Bühne wurde Ginny Danburry von Gratulanten umringt. Charlie hielt sich nicht an die Empfehlung der Regisseurin und sprang auf die Bühne. Da hörte er, wie ein anderer Junge zu Ginny sagte: »Du warst wunderbar!« Lysander war es. Er hatte den Arm um Ginny gelegt.

»Meinen Glückwunsch, Ginny«, sagte Lysander und zog sie an sich. Unerschrocken bahnte sich Charlie den Weg zu ihr.

»Dein Lächeln ist unirdisch süß«, sagte er mit vollkommener Aufrichtigkeit. Ginny merkte, daß er es ernst meinte, und erwiderte sein Lächeln. Sie blickten einander so lange in die Augen, bis Lysander sich mit verzerrtem Lächeln entfernte.

Hinter der Bühne trug das jubelnde Ensemble Neil auf den Schultern in die Jungengarderobe, als Dank für seine Leistung. Sie feierten ihn noch, als die Regisseurin mit besorgter Miene in die Garderobe kam.

»Neil«, flüsterte sie ihm leise zu, »dein Vater.« Neil sprang von den Schultern seiner Freunde herab und folgte ihr nach draußen. In der Kulisse blieb er stehen und zog sich den Mantel an. Als er seinen Vater hinten in der Aula stehen sah, hielt er noch einmal inne. Dann ging er von der Bühne und näherte sich, Pucks Kopfschmuck in der Hand, dem Vater.

Charlie erspähte ihn und rief: »Neil!« Aber Neil gab keine Antwort. Dann sah Charlie, wie Neil auf seinen Vater zutrat. Sofort spürte er, daß da etwas nicht stimmte. Er nahm Ginny an die Hand und ging mit ihr von der Bühne.

Keating und der Club warteten im Foyer auf Neil. »He, Leute, das hier ist Chris«, stellte Knox seine Begleiterin vor.

»Wau, wir haben schon eine Menge über dich gehört!« sagte Meeks, woraufhin ihm Knox einen vernichtenden Blick zuschoß. »Ich meine . . .«, stotterte Meeks, ». . . du weißt ja . . . ich meine . . .«

Plötzlich wurde die Tür ins Foyer aufgestoßen, und Mr. Perry führte Neil wie einen Gefangenen aus der Aula zum Haupteingang. Charlie und Ginny gingen hinter ihnen her. Einzelne Zuschauer schrien Neil Glückwünsche zu. Todd versuchte an seinen Freund heranzukommen, blieb aber im Gedränge stecken.

»Neil!« schrie Todd, »das war erste Sahne, Neil!«

»Wir haben noch eine Party vor!« rief Knox.

Neil drehte sich um. »Hat keinen Zweck«, sagte er traurig. Mr. Keating hatte sich durchgedrängelt und legte Neil die Hände auf die Schultern.

Strahlend sagte er: »Neil, Sie haben glänzend gespielt!«

Mr. Perry schob Keatings Hände weg. »Sie! Bleiben Sie von ihm weg!« schrie Mr. Perry heftig. Betroffenes Schweigen folgte den unhöflichen Worten. Mr. Perry brachte Neil nach draußen zu seinem Wagen und schob ihn hinein. Charlie wollte hinterher, aber Keating hielt ihn zurück.

»Machen Sie es nicht schlimmer, als es schon ist!« sagte er tieftraurig.

Mr. Perry startete und fuhr ab. Aus dem Seitenfenster schaute Neil mit der Miene eines Verurteilten, der zur Hinrichtung befördert wird. Der Wagen entfernte sich.

»Neil!« schrie Todd.

Die Kandidaten des Clubs der toten Dichter standen still und betreten im Foyer. Charlie ging zu Mr. Keating. »Ist es okay, wenn wir zu Fuß zurückgehen?« fragte er.

»Na, sicher«, sagte Keating. Und mit tiefem Mitgefühl sah er zu, wie die »toten Dichter« zusammen mit Chris und Ginny aus dem Foyer in die dunkle, kalte Nacht hinausgingen.

13. Kapitel

Neils Mutter saß mit vom Weinen geschwollenen Augen in einer Ecke des muffigen Arbeitszimmers. Steif setzte sich Mr. Perry hinter den Schreibtisch.

Die Tür ging auf, und Neil kam herein. Er trug noch immer das Puck-Kostüm. Auch seine Augen waren von Tränen gerötet. Er sah auf seine Mutter und wollte etwas sagen, aber sein Vater unterbrach ihn sofort.

»Mein Sohn, ich habe mir die größte Mühe gegeben, um zu verstehen, warum du dich uns unentwegt widersetzt. Was immer die Gründe sein mögen, ich werde nicht zulassen, daß du dein Leben verpfuschst. Morgen melde ich dich in Welton ab. Du kommst in die Militärschule Braden. Danach gehst du nach Harvard und wirst Arzt.«

Wieder schossen Neil Tränen in die blutunterlaufenen Augen. »Vater«, sagte er flehend, »das sind noch zehn Jahre! Das ist doch ein ganzes Leben!«

»Dir werden Möglichkeiten geboten, von denen ich noch nicht mal träumen konnte!« schrie Mr. Perry. »Ich lasse nicht zu, daß du sie mit Füßen trittst.« Damit stakste er aus dem Zimmer.

Einen Augenblick sah es so aus, als wollte Neils Mutter etwas sagen. Aber dann ging sie schweigend hinter ihrem Mann her.

Neil blieb allein zurück. Ihm war, als wäre er keiner Gefühlsbewegung mehr fähig. Krampfhaft versuchte er, nicht daran zu denken, welche Zukunft sein Vater ihm bestimmt hatte.

Unterwegs entschlossen sich die Kandidaten des Clubs der toten Dichter, nicht direkt nach Welton zurückzugehen, sondern einen Umweg über die Höhle zu machen. Da saßen dann Todd, Meeks, Pitts, Charlie mit Ginny und Knox mit Chris dicht aneinandergedrängt um die flakkernde Kerze auf dem Kopf des Höhlengotts. Charlie hatte ein halbvolles Glas Wein in der Hand. Die leere Flasche stand neben ihm auf der Erde. Trübselig starrten die Jungen in die Flamme, die für sie ein Symbol Neils war, denn er hatte den Höhlengott hergebracht.

»Knox, ich muß jetzt nach Haus gehen«, sagte Chris. »Könnte sein, daß Chet anruft.«

»Nur noch ein kleines bißchen«, sagte Knox und drückte ihre Hand. »Du hast es mir versprochen.«

Sie lächelte ein wenig, als sie sagte: »Du bist abscheulich!«

Plötzlich fragte Meeks: »Wo ist Cameron?«

Charlie trank einen Schluck Wein. »Wer weiß? Und wer will das überhaupt wissen?«

Auf einmal sprang Todd auf und hämmerte mit den Fäusten an die Höhlenwand. »Wenn mir Neils Vater noch einmal unter die Augen tritt, dann mache ich ihn kalt. Mir egal, was dann mit mir passiert!«

»Sei doch nicht so blöde!« sagte Pitts.

Todd schritt unruhig in der Höhle auf und ab. Plötzlich steckte Mr. Keating den Kopf in die Höhle. Der Mondschein beleuchtete ihn.

»Mr. Keating!« riefen die Jungen erstaunt.

Charlie versteckte schnell Weinflasche und Glas. »Ich dachte mir, daß ich Sie hier finden würde«, sagte Keating. »Wir sollten aber jetzt nicht Trübsal blasen. Neil würde das bestimmt nicht wollen.«

»Wir könnten doch gleich ein Treffen zu seinen Ehren abhalten!« schlug Charlie vor. »Captain, wollen Sie den

Vorsitz übernehmen?« Die anderen Jungen stimmten seinem Vorschlag zu.

Keating zögerte. »Ich weiß nicht, Männer . . .«

»Na los, Mr. Keating, bitte . . .«, redete ihn Meeks zu.

Keating ließ sich von den flehenden Gesichtern ringsum erweichen. »Okay«, sagte er, »aber nur ein kurzes Treffen.« Er überlegte einen Augenblick. Dann begann er: »›Ich ging in die Wälder, weil ich bewußt leben wollte. Ich wollte das Dasein auskosten und das Mark des Lebens in mich einsaugen! Und alles fortwerfen, das kein Leben barg. Um nicht an meinem Todestag innezuwerden, daß ich nie gelebt hatte.‹« Er machte eine kleine Pause. »Und nun von Mr. e. e. cummings:

»versenk dich in träume
sonst wirft dich ein schlagwort um
(sie wurzeln in bäumen
und wind ist wind)
vertrau deinem mut
wenn die Meere auflodern
(und lebe der liebe
und kreisten die sterne rückwärts)
ehre das vergangene
aber freu dich der zukunft
(und vergiß den tod
beim hochzeitsfest)
was kümmert dich eine welt
voller schurken und helden
(denn gott liebt die mädchen
das morgen und die erde)«

Keating war fertig und sah sich um. »Nun, wer will noch etwas vorlesen?« Keiner meldete sich. »Na los, Jungs, seid doch nicht so schüchtern!« sagte er.

»Ich habe etwas«, sagte Todd.

»Das, was du geschrieben hast?« fragte Charlie.

Todd nickte. »Ja.«

Die Jungen waren wirklich überrascht, daß Todd sich freiwillig gemeldet hatte. Er trat vor, zog einige zerknitterte Zettel aus der Tasche und gab jedem einen davon.

»Den Refrain zu meinen Versen müßt ihr im Chor von euren Zetteln ablesen!« sagte er.

Todd entfaltete ein größeres Blatt und las:

»Wir träumen von morgen, doch das Morgen läßt
auf sich warten.
Wir träumen vom Ruhm, den wir
Uns gar nicht wünschen.
Wir träumen vom neuen Tag, doch der neue Tag ist
längst da.
Wir fliehen die Schlacht, die doch von uns
Verlangt, bestritten zu werden.«

Todd gab sein Zeichen durch ein Nicken, und alle lasen im Chor:

»Und wir schlafen noch,
Und wir beten noch,
Und wir fürchten noch ...«

Dann las Todd allein weiter:

»Wir hören den Ruf, aber
Wir achten seiner nicht.
Wir hoffen auf die Zukunft, doch die Zukunft
Besteht aus nichts als Zukunftsplänen.
Wir träumen von weisen Lehren, die wir
Doch an keinem Tag befolgen.

Wir beten um Erlösung, doch die Erlösung
Kann nur in unseren Händen liegen.«

Alle setzten ein:

»Und wir schlafen noch,
Und wir beten noch,
Und wir fürchten noch . . .«

Mit trauriger Miene wiederholte er. »Und wir schlafen noch.« Dann faltete er sein Gedicht zusammen. Alle in der Höhle klatschten Beifall.

»Das war Klasse!« jubelte Meeks. Bescheiden nahm Todd das Lob und die anerkennenden Schläge auf den Rücken entgegen, aber er strahlte dabei. Keatings Lächeln spiegelte seine Freude über die erstaunliche Entwicklung dieses Schülers wider. Er brach einen kugelförmigen Eiszapfen vom Dach ab und schaute ihn an.

»Ich halte eine Kristallkugel in der Hand«, sagte er im Singsang. »Und darin sehe ich große Dinge für Todd Anderson voraus.« Todd stand Mr. Keating gegenüber, und plötzlich umarmten sie sich herzlich. Als sie einander losließen, wandte sich Keating an die anderen.

»Und nun«, sagte Keating, »›General William Booth kommt in den Himmel‹ von Vachel Lindsay. Wenn ich eine Pause mache, müßt ihr fragen: ›Bist du getauft schon mit dem Blut des Gotteslamms?‹«

Keating begann vorzutragen: »›Booth ging kühnlich mit der großen Trommel vorneweg . . .‹«

Nach der ersten Strophe sagten alle im Chor: »Bist du getauft schon mit dem Blut des Gotteslamms?«

Dann führte Keating die Jungen und Mädchen aus der Höhle, und auf dem ganzen Heimweg rezitierten sie das Gedicht.

Während Neils Freunde ihm zu Ehren in der Höhle tagten, saß er allein zu Haus in seinem dunklen Zimmer und starrte aus dem Fenster. Er spürte keinerlei Leidenschaft mehr in seiner Seele. Jedes Gefühl war ihm aus Herz und Körper gewichen. Er kam sich vor wie eine spröde, leere Muschelschale, die bald vom Gewicht des fallenden Schnees zermalmt werden würde.

14. Kapitel

Es war Vollmond, und unzählige Sterne standen am Himmel. Die Nacht, in der die Jungen, Ginny und Chris Mr. Keating durch den Wald folgten, war klar und kalt. Von den Bäumen hingen Eiszapfen. Die Kälte hatte den entlaubten Wald in eine Welt funkelnder Diamanten verwandelt. Die Gruppe ging hinter Keating durch den Wald, und er trug vor: »Die Heiligen, sie blickten ernst und sagten: ›Er ist da . . .‹«

Und am Schluß der Strophe fielen alle ein: »Bist du getauft schon mit dem Blut des Gotteslamms?«

»›Die bleichen Toten schritten Seit an Seit, / Sie riefen bravo aus den Feldern weit, / Die Süchtigen, der Abschaum aus den Gassen, / Im Bann des Lasters und vom Geist verlassen . . .‹«

»Seid ihr getauft schon mit dem Blut des Gotteslamms?« wiederholten sie den Refrain.

Während so der Club der toten Dichter durch die schweigende Nacht zog, senkte sich eine unheilverkündende Stille über das Haus der Perrys. Mr. und Mrs. Perry waren zu Bett gegangen und hatten das Licht im Schlafzimmer ausgemacht. Sie hörten nicht, wie Neil seine Zimmertür öffnete und den Flur betrat. Er bog um eine Ecke und stieg lautlos die Treppe hinunter ins Erdgeschoß.

Mondschein fiel in Mr. Perrys Arbeitszimmer. Neil ging an den Schreibtisch seines Vaters, zog das obere Fach auf und griff tief hinein. Er holte einen Schlüssel hervor und schloß damit das unterste Schreibtischfach auf. Dann setzte sich Neil in den Ledersessel am Schreibtisch, griff hinüber nach der Blumenkrone, die er als Puck getragen hatte, und setzte sie sich auf den Kopf.

Vor einem gefrorenen Wasserfall blieb die kleine Gruppe stehen. Das eisige Gebilde schien gegen alle Gesetze der Schwerkraft zu verstoßen. So kam es den Schülern vor, die dieses erstaunliche Bild betrachteten. Der Himmel war unglaublich klar. Der vom Schnee widergespielte Mondschein warf einen seltsamen bläulichen Schimmer auf die Gruppe. Da fuhr Keating mit dem Gedicht fort:

»›Vor den Soldaten Booth trat Gottes Sohn,
Und auf den Knien lag die Menge schon.
Und er sah König Jesus vor sich dort,
Und weinend kniete er am heil'gen Ort.‹«

»Bist du getauft schon mit dem Blut des Gotteslamms?« fielen sie wieder ein.

Der Mondschein im Verein mit dem geheimnisvollen Wunder des gefrorenen Wasserfalls und der magischen Poesie bewirkten, daß die kleine Gruppe im Schnee zu tanzen und zu spielen begann. Das fröhliche Treiben steigerte sich allmählich zu wilder Ausgelassenheit.

Langsam lösten sich Knox und Chris von den anderen, fielen sich in die Arme und küßten sich zart und verliebt unter dem Wintermond.

Mr. und Mrs. Perry schliefen fest, als ein kurzes, scharfes Geräusch die Stille der Nacht durchbrach. Mr. Perry fuhr auf. »Was war das?«

»Was denn?« fragte seine Frau, noch halb im Schlaf.
»Dieses Geräusch? Hast du es nicht gehört?«
»Was für ein Geräusch?«
Mr. Perry stieg aus dem Bett und ging auf den Flur. Er wanderte hierhin und dorthin, bis er schließlich in Neils Zimmer ging. Eilig kam er wieder heraus und rannte die Treppe hinunter. Mrs. Perry lief hinter ihm her. Mit schlenkernden Armen zog sie sich unterwegs den Morgenrock über.
Mr. Perry betrat das Arbeitszimmer, knipste das Licht an und blickte sich suchend um. Alles schien normal zu sein. Aber als er sich zum Gehen umdrehte, sah er den glitzernden, schwarzen Gegenstand auf dem Fußboden liegen – seinen Revolver. Entsetzt ging er um den Schreibtisch herum. Da sah er die totenblasse Hand. Er stieß einen halberstickten Schrei aus.
Neil lag in einer Blutlache auf dem Boden. Mr. Perry kniete nieder und umarmte seinen Sohn. Seine Frau brach in Schreckensschreie aus.
»Nein!« rief Mr. Perry. »Nein!«

Mr. Keating und die Jungen begleiteten die Mädchen nach Haus. In den frühen Morgenstunden kamen sie in Welton an.
»Ich bin todmüde und kaputt«, sagte Todd, als er auf sein Zimmer zuging. »Ich werde bis Mittag schlafen.«
Aber schon frühmorgens kamen Charlie, Knox und Meeks in Todds Zimmer. Ihre Gesichter waren aschfahl. Sie sahen, daß Todd noch friedlich schnarchte.
»Todd!« rief Charlie gedämpft, »Todd!«
Todd schlug die Augen auf und fuhr hoch. Er sah immer noch erschöpft aus. Nach einer Weile hatten sich seine Augen an das Licht gewöhnt. Aber er legte sich wie-

der hin und schloß sie. Wieder eine Weile später griff er nach seinem Wecker und schaute blinzelnd darauf.

»Es ist erst acht«, sagte er. »Ich muß noch schlafen.« Er zog sich die Bettdecke über den Kopf. Plötzlich fuhr er wieder hoch und saß mit weit aufgerissenen Augen da. Seine Freunde standen immer noch schweigend vor dem Bett, und er spürte, daß irgend etwas geschehen sein mußte.

»Todd«, sagte Charlie, »Neil ist tot. Er hat sich erschossen!«

In Todds Kopf drehte sich alles. »O mein Gott«, rief er jammernd. »O Neil!« Dann sprang er aus dem Bett und rannte laut schreiend über den Flur in die Waschräume. Er raste in die Toilette, kniete vor einem Becken hin und übergab sich, bis er meinte, er würde sich die Seele auskotzen. Seine Freunde warteten in erzwungener Untätigkeit vor der Zelle.

Dann kam Todd, sich den Mund abwischend, aus der Zelle. Tränen strömten ihm über das Gesicht. Im Waschraum ging er hin und her. Er rief: »Jemand muß doch wissen, daß es sein Vater war! Neil hätte nie Selbstmord begangen! Dazu liebte er das Leben viel zu sehr!«

»Du kannst doch nicht ernsthaft glauben, daß ihn sein Vater . . .«, sagte Knox und brach ab.

»Nicht mit dem Revolver!« schrie Todd. »Aber, verdammt noch mal, auch wenn der Schweinehund nicht selber den Abzug betätigt hat, dann hat er doch . . .« Todd schluchzte so laut, daß man die nächsten Worte nicht mehr hörte. Schließlich gewann er die Beherrschung wieder. »Auch wenn Mr. Perry nicht selber geschossen hat«, sagte er gefaßt, »hat er ihn umgebracht. Das müssen alle erfahren!« Er rannte durch die Räume und schrie in schmerzlichem Ton: »Neil! Neil!« An die Wand gelehnt, wurde er wieder vom Schluchzen überwältigt. Langsam rutschte er tiefer, bis er auf dem Boden saß. Da gingen die Jungen hinaus, damit er seinen Kummer allein ausweinen konnte.

Im leeren Klassenzimmer saß Mr. Keating an seinem Schreibtisch. Er wußte nicht, daß die Jungen es schon erfahren hatten. Mit Mühe bezwang er seine Emotionen. Dann stand er auf und ging langsam zu Neils Pult. Er nahm ein Buch hoch. Es war seine eigene abgegriffene Anthologie der Dichtkunst. Er schlug sie auf, und sein Blick fiel auf seine eigene Schrift. »Den toten Dichtern.« Er ließ sich schwer in Neils Stuhl fallen und konnte seinen Schmerz nicht länger zurückhalten.

Der nächste Morgen war kalt und düster, ein trüber Wintertag. Heftige Windstöße fegten um den Trauerzug, den der Dudelsackpfeifer der Schule mit einer herzergreifenden Klagemelodie anführte.

Neil wurde auf dem städtischen Friedhof von Welton beigesetzt. Die »toten Dichter« trugen den Sarg auf den Schultern zum Grab. Die tiefverschleierte Mutter stand neben ihrem Mann, beide wie versteinert vor Trauer. Mr. Nolan, Mr. Keating und einige andere Lehrer nahmen mit ernsten Gesichtern an der Bestattung teil.

Nach der Beisetzung versammelte sich die ganze Schule in der Kapelle der Welton-Akademie. An den Wänden standen die Lehrer, darunter Mr. Keating. Vor der Ansprache des Pfarrers sangen die Schüler ein geistliches Lied.

»Allmächtiger Gott, wir bitten dich, Neil Perry in die Obhut deiner allumfassenden Gnade aufzunehmen. Gib ihm deinen Segen und nimm ihn bei dir auf! Lasse das

Licht deines Angesichts leuchten über ihm und erweise ihm Gnade. Hebe deine Augen auf zu ihm und gewähre ihm Frieden. Heute und in Ewigkeit. Amen.«

»Amen.«

Nach dem Geistlichen betrat Mr. Nolan das Podium.

»Gentlemen, der Tod von Neil Perry ist eine Tragödie«, sagte Nolan. »Er war ein guter Schüler, einer der besten in Welton, und wir werden ihn nie vergessen. Wir haben uns mit allen Eltern in Verbindung gesetzt, um ihnen die Umstände zu erklären. Natürlich sind alle sehr betroffen. Auf den ausdrücklichen Wunsch von Neils Eltern werde ich eine gründliche Untersuchung der Angelegenheit durchführen. Ich erwarte Ihre rückhaltlose Mitarbeit.«

Damit war die Versammlung entlassen, und schweigend gingen die Jungen aus der Kapelle. Charlie, Todd, Knox, Pitts, Meeks und Cameron gingen zusammen, trennen sich dann aber.

Später trafen sich alle außer Cameron und Meeks in dem mit allerlei altem Zeug angefüllten Gepäckraum im Keller der Unterkunft. Jemand klopfte an die Tür. Es war Meeks.

Kopfschüttelnd kam er herein. »Ich kann ihn nicht finden.«

»Du hast ihm gesagt, daß wir uns hier treffen wollen?« fragte Charlie.

»Zweimal«, sagte Meeks.

Charlie hob die Hände. »Da haben wir's! Das ist ja großartig!« Er ging ans Fenster und schaute über die Rasenfläche zum Verwaltungsgebäude hinüber. Dann drehte er sich um und sah seine Freunde an. »Das wär's, Männer, jetzt sind wir alle dran.«

»Was meinst du damit?« fragte Pitts.

»Cameron ist ein Verräter! Er ist in diesem Augenblick in Nolans Dienstzimmer, um uns zu verpfeifen.«

»Was kann er ihm denn erzählen?« fragte Pitts.

»Alles über den Club, Pitts. Denk mal nach!« Pitts und die anderen Jungen machten erstaunte Gesichter. »Sie brauchen einen Sündenbock«, sagte Charlie. »Das ist es, woran Schulen zugrundegehen.«

Die Jungen saßen im Gepäckraum und wechselten besorgte Blicke. Bald hörten sie auf dem Flur eine Tür gehen. Knox ging an die Tür und sah, wie Cameron die Halle betrat. Daraufhin trat Knox auf den Flur und winkte Cameron, er solle sich beeilen.

»Cameron!‹ sagte er flüsternd, aber so, daß der ihn hörte. Cameron zögerte erst, kam dann aber über den Flur in den Gepäckraum. Die anderen sahen ihm gespannt entgegen.

»Was ist denn los, Männer?« fragte Cameron mit Unschuldsmiene.

Charlie packte ihn vorn am Hemd. »Du hast uns verpfiffen, nicht wahr, Cameron?«

Cameron machte sich los. »Ach, geh doch zum Teufel, du Blindgänger, ich weiß gar nicht, wovon du redest!«

Charlie schrie ihn an: »Ich rede davon, daß du gerade eben Nolan alles über unseren Club erzählt hast!«

»Falls du noch nichts davon gehört hast, Dalton, aber es gibt an dieser Schule etwas, das sich Ehrenkodex nennt. Wenn ein Lehrer dich etwas fragt, ist es Ehrensache, ihm die Wahrheit zu sagen. Oder du wirst von der Schule verwiesen.«

Charlie rückte Cameron wieder näher auf die Pelle. »Warum hast du . . .«

Meeks und Knox zogen Charlie weg. »Charlie . . .«, sagte Knox mahnend.

»Er ist eine elende Ratte!« schrie Charlie. »Er steckt selber bis zum Hals mit drin. Deshalb hat er uns verpfiffen, um seine Haut zu retten!«

»Faß ihn nicht an, Charlie!« warnte Knox. »Wenn du's doch tust, bist du erledigt.«

Charlie stieß ihn zurück. »Erledigt bin ich sowieso.«

»Da hat er recht. Und wenn ihr schlau seid, macht ihr es genau wie ich und bietet eure Mitarbeit an. Auf uns haben sie es ja gar nicht abgesehen. Wir gelten als Opfer. Wir und Neil.«

»Was soll das heißen?« fragte Charlie. »Auf wen haben sie es denn abgesehen?«

»Na, auf Mr. Keating natürlich. Auf den ›Captain‹ persönlich. Du hast doch nicht gedacht, er könnte sich der Verantwortung entziehen, he?«

»Mr. Keating? Der soll für Neil verantwortlich sein? Haben sie dir das erzählt?« Charlie riß sich von Meeks und Knox los.

»Na, was denkst du denn, du Filzlaus?« sagte Cameron. »Wer soll sonst verantwortlich sein. Etwa die Verwaltung? Oder Mr. Perry? Keating hat uns doch zu der ganzen Sache angestiftet, oder? Wenn es ihn nicht gegeben hätte, würde Neil jetzt schön gemütlich oben in seinem Zimmer sitzen, Chemie pauken und davon träumen, daß er bald sein Ärztediplom in der Tasche hat.«

»Das ist nicht wahr!« rief Todd. »Mr. Keating hat Neil nicht gesagt, daß er auf der Bühne auftreten soll. Das hat Neil von sich aus getan. Er wollte Schauspieler werden.«

»Von mir aus könnt ihr glauben, was ihr wollt«, sagte Cameron achselzuckend. »Aber ich rate euch: Laßt Keating doch über die Klinge springen! Warum sollen wir uns die Zukunft verbauen?«

»Du Schweinehund!« Charlie nahm quer durch den Raum Anlauf und verpaßte Cameron einen Kinnhaken. Cameron fiel zu Boden, und Charlie setzte sich rittlings auf ihn.

»Charlie!« sagte Knox stöhnend.

Cameron sah hoch und rieb sich die getroffene Stelle. Er grinste. »Du hast soeben deine Entlassungspapiere unterschrieben, Nuwanda«, sagte er und lachte. Dann wischte er sich das Blut aus dem Gesicht. Charlie stand auf, drehte ihm den Rücken zu und ging hinaus. Die anderen folgten ihm.

Cameron blieb allein zurück. Auf dem Boden liegend, schrie er ihnen nach: »Wenn ihr schlau seid, machte ihr es genauso wie ich! Sie wissen sowieso alles über uns! Keating könnt ihr doch nicht retten. Rettet lieber euch selbst!«

15. Kapitel

Neils Bett war abgezogen und der Schreibtisch ausgeräumt. Am Fenster saß Todd und blickte über das Schulgelände zum Verwaltungsgebäude hinüber. Plötzlich sah er, wie Dr. Hager aus dem Gebäude kam. In seiner Begleitung war Meeks, den der alte Lehrer zu den Unterkünften begleitete.

Todd warf einen Blick aus der Zimmertür. Meeks und Hager bogen in den Flur ein. Hager wartete ab, bis Meeks schweigend auf sein Zimmer zuging.

Er kam an Todd vorbei, schaute ihn aber nicht an. Todd sah, wie Meeks die Tränen über das Gesicht liefen. Dann knallte Meeks die Zimmertür hinter sich zu.

»Knox Overstreet!« rief Dr. Hager und wartete ungeduldig am Ende des Flurs.

Knox kam aus seinem Zimmer und ging zu Hager. Gemeinsam schritten sie aus dem Haus und quer über den Campus.

Todd wartete noch eine Weile. Dann huschte er über den Flur zu Meeks' Zimmer und klopfte an. »Meeks«, rief er, »hier ist Todd!«

»Geh weg!« sagte Meeks mit rauher, heiserer Stimme. »Ich muß pauken.«

Todd blieb noch stehen. Ihm wurde klar, was geschehen war. »Was ist mit Nuwanda passiert?‹ fragte er durch die geschlossene Tür.

»Rausgeschmissen«, sagte Meeks tonlos.

Todd stand wie vom Donner gerührt. »Was hast du ihnen gesagt?‹ fragte er, immer noch durch die Tür.

»Nichts, was sie nicht schon wußten«, sagte Meeks.

Todd ging wieder in sein Zimmer, setzte sich ans Fenster und sah, wie bald darauf Knox zu den Unterkünften zurückgebracht wurde. Wieder schaute Todd auf den Flur hinaus. Da kamen Knox und Hager. Knox zitterte das Kinn. Er sah aus, als würde er gleich zusammenbrechen. Er ging in sein Zimmer und schloß leise die Tür. Todd kehrte in sein Zimmer zurück und lehnte sich an die Wand. Er war erschüttert. Sie hatten also auch Knox kleingekriegt! Dann hörte er, wie sein Name aufgerufen wurde.

»Todd Anderson!« Es war Dr. Hager, der am Ende des Flurs auf ihn wartete. Todd atmete tief durch und blickte zur Zimmerdecke hinauf. Dann öffnete er die Tür und ging langsam auf den Lehrer zu.

Dr. Hager schlurfte über den Campus, schwer atmend und schnaufend. Das dauernde Hinundhergelaufe hatte ihn offenbar angestrengt. Vor dem Verwaltungsgebäude blieb er stehen, schnappte nach Luft und ging dann hinein.

Todd folgte Hager die Treppe hinauf, die zu Nolans Dienstzimmer führte. Er kam sich vor wie ein Mann, der zum Galgen geschleppt wird.

Nolan saß hinter dem Schreibtisch. Zu seinem Entsetzen sah Todd seine Eltern davor sitzen.

»Dad! Mom!« sagte er.

»Setzen Sie sich, Mr. Anderson!« befahl Nolan.

Todd setzte sich auf den Stuhl, der direkt vor Nolans Schreibtisch stand. Er schaute zu seinen Eltern hin, die mit verschlossenen Gesichtern und finsterem Blick dasaßen. Ein Schweißtropfen fiel ihm von der Stirn auf das Hemd.

»Mr. Anderson, wir wissen bereits ziemlich genau, was sich abgespielt hat«, sagte Nolan. »Sie geben zu, daß Sie diesem Club der toten Dichter angehört haben?«

Todd sah erst seine Eltern an, dann Nolan und schloß

dann die Augen. Bevor er »Ja!« sagen oder nicken konnte, hörte er die Stimme seines Vaters.

»Antworte gefälligst!« sagte Mr. Anderson ärgerlich.

»Ja«, sagte Todd mit schwacher Stimme.

»Ich habe Sie nicht verstanden, Todd«, sagte Nolan.

»Ja, Sir«, sagte Todd, kaum lauter als vorher.

Nolan sah auf Todd und seine Eltern. In der Hand hielt er ein Blatt Papier. »Ich habe hier eine detaillierte Beschreibung aller Vorgänge bei Ihren Treffs. Darin wird beschrieben, wie Ihr Lehrer, Mr. Keating, euch Jungs dazu anstiftete, den Club zu gründen, und ihn dann zum Ausgangspunkt undisziplinierten, zügellosen Treibens machte. Weiter steht hier drin, wie Mr. Keating in der Stunde und außerhalb alles dazu tat, um Neil Perry in seiner Theaterbesessenheit zu bestärken, gegen die ausdrücklichen Anordnungen von Neils Eltern. Mr. Keatings schamlose Ausnutzung seiner Stellung als Lehrer führte dann zwangsläufig zu Neil Perrys Tod.«

Nolan reichte Todd das Blatt Papier. »Lesen Sie sich das sorgfältig durch, Todd!« sagte er dazu. »Wenn Sie nichts hinzuzufügen oder zu ändern wünschen, dann unterschreiben Sie es!«

Todd nahm das Blatt und las es. Er brauchte lange Zeit dazu. Als er fertig war, zitterte das Blatt in seinen Händen. Er blickte auf. »Was ... was wird ... mit ... Mr. Keating ... geschehen?« fragte er Nolan.

Sein Vater stand auf und drohte ihm mit der Faust. »Was hat das mit dir zu tun?«

»Schon gut, Mr. Anderson«, sagte Nolan. »Behalten Sie bitte Platz! Er soll es ruhig wissen.« Danach wandte er sich wieder an Todd. »Es ist bisher noch nicht ganz klar, ob Mr. Keating gegen die Strafgesetze verstoßen hat. Falls er das tat, wird Anklage gegen ihn erhoben werden. Wir werden alles tun – und Ihre und die anderen Unterschriften werden uns dabei helfen –, dafür zu sorgen, daß Mr. Keating nie mehr unterrichten darf.«

»Nie mehr ... unterrichten?‹ stammelte Todd.

Wieder war sein Vater auf den Beinen und kam auf ihn zu. »Das reicht mir«, schrie er. »Unterzeichne das Schriftstück jetzt, Todd!«

»Bitte, mein Liebling«, sagte seine Mutter von ihrem Platz aus. »Tu es unseretwegen!«

»Aber ... Unterrichten ist sein Leben!« rief Todd. »Lehrer sein bedeutet ihm alles!«

»Was kümmert dich das?« schnauzte Mr. Anderson.

»Und wann habt ihr euch um mich gekümmert?« schrie Todd zurück. »Er tat es! Ihr nicht!«

Blaß vor Wut stand sein Vater vor ihm und ergriff den Federhalter. »Unterschreibe jetzt, Todd!« befahl er ihm.

Todd schüttelte den Kopf. »Nein, das unterschreibe ich nicht.«

Todds Vater versuchte ihm den Federhalter in die Hand zu drücken.

Nolan stand auf. »Lassen Sie ihn nur!« sagte er. »Dann muß er eben die Konsequenzen tragen.« Er kam um den Schreibtisch herum und baute sich vor Todd auf. »Sie denken wohl, Sie könnten Mr. Keating retten, was?« fragte er. »Wie Sie sehen, Junge, haben die anderen sämtlich unterschrieben. Aber wenn Sie nicht unterschreiben wollen, werde ich Sie disziplinarisch bestrafen. Für den Rest des Jahres werden Sie jeden Nachmittag und an allen Wochenenden zum Arbeitsdienst eingeteilt. Sollten Sie auch nur einmal das Schulgelände verlassen, so hat das den sofortigen Ausschluß zur Folge.«

Todds Eltern und Mr. Nolan sahen Todd an und warteten darauf, daß er seinen Entschluß änderte. Todd blieb schweigend sitzen.

»Ich unterschreibe nicht«, sagte er leise, aber fest.

»Dann melden Sie sich nach dem Unterricht bei mir!« sagte Nolan und wandte ihm den Rücken zu. »Gehen Sie jetzt!«

Todd stand auf und ging zur Tür. Nolan sah Todds Eltern an. »Entschuldigen Sie, Mr. Nolan«, sagte Mrs. Anderson. »Ich habe das Gefühl, daß dies alles unsere Schuld ist.«

»Wir hätten ihn gar nicht herschicken dürfen«, sagte Mr. Anderson mit gesenktem Blick.

»Unsinn«, sagte Nolan. »Jungen in seinem Alter sind äußerst leicht zu beeindrucken. Wir werden ihn schon auf den rechten Weg zurückbringen.«

Am nächsten Tag führte der Lateinlehrer Mr. McAllister eine Gruppe seiner Schüler über das schneebedeckte Schulgelände. Dabei konjugierten sie laut Verben. Einmal blieb er stehen und sah zum Lehrergeschoß hinauf, wo er die einsame Gestalt Mr. Keatings wahrnahm, der aus dem Fenster hinunterschaute. Einen Augenblick trafen sich ihre Blicke. Dann wandte sich McAllister um, holte tief Luft und ging mit den Jungen weiter.

Keating trat vom Fenster zurück, ging ans Bücherregal und fing an, die Werke seiner geliebten Dichter herauszunehmen – Byron, Whitman, Wordsworth. Seufzend stellte er sie wieder zurück. Er schloß seinen Koffer, ging zur Tür, warf einen letzten Blick in das kleine Zimmer und ging hinaus.

Zur selben Zeit stellten sich seine ehemaligen Schüler zur Englischstunde ein. Todd saß mit gesenktem Blick, in sich verschlossen, so wie er in den ersten Tagen dagesessen hatte. Knox, Meeks und Pitts rutschten unruhig auf ihren Stühlen herum. Sie wirkten gedemütigt. Alle früheren Clubmitglieder schämten sich und wagten einander nicht in die Augen zu sehen. Nur Cameron erschien halbwegs normal. Er saß da und lernte, als wäre nichts geschehen.

Auffallend war, daß zwei Pulte im Klassenzimmer fehlten. Es waren die Pulte Neils und Charlies.

Plötzlich ging die Tür auf, und Mr. Nolan kam herein. Die Jungen standen auf. Nolan setzte sich ans Lehrerpult, woraufhin auch die Schüler sich setzten. »Bis zu den Semesterprüfungen übernehme ich den Unterricht«, sagte Nolan und ließ den Blick durch die Klasse schweifen. »In den Ferien werden wir uns dann nach einem neuen Englischlehrer umsehen. Wer kann mir sagen, wie weit Sie in Pritchards Lehrbuch gekommen sind?«

Nolan blickte sich um. Niemand meldete sich.

»Mr. Anderson?«

»Der . . . Pritchard . . .«, brachte Todd kaum hörbar heraus. Nervös fummelte er unter seinen Büchern.

»Ich kann nichts verstehen, Mr. Anderson«, sagte Nolan.

»Ich . . . denke . . . wir . . .«, sagte Todd genauso leise wie vorher.

»Mr. Cameron«, sagte Nolan, ungeduldig werdend, »informieren Sie mich bitte freundlicherweise!«

»Wir sind ziemlich hin und her gesprungen, Sir. Wir haben die Romantiker durchgenommen und einige Kapitel der Literatur nach dem Bürgerkrieg.«

»Und die Realisten?«

»Die haben wir größtenteils übergangen«, sagte Cameron.

Nolan starrte Cameron an und schaute sich dann in der Klasse um. »Na schön, dann fangen wir eben neu an. Was ist Dichtkunst?« Er wartete auf eine Antwort. Keiner meldete sich. Plötzlich ging die Tür auf, und Mr. Keating kam herein.

»Ich möchte noch einige persönliche Sachen abholen«, sagte er zu Nolan. »Soll ich warten, bis die Stunde zu Ende ist?«

»Nein, holen Sie Ihre Sachen gleich, Mr. Keating!« sagte Nolan gereizt und wandte sich dann wieder an die Klasse. »Gentlemen, schlagen Sie Seite 21 der Einleitung auf! Mr. Cameron, lesen Sie den ausgezeichneten Essay von Dr. Pritchard über das Verständnis der Dichtkunst vor!«

»Mr. Nolan, diese Seite ist bei mir herausgerissen«, sagte Cameron.

»Dann borgen Sie sich das Buch von einem anderen!« sagte Nolan, der allmählich die Geduld verlor.

»Die Seiten sind überall herausgerissen, Sir«, berichtete Cameron.

Nolan starrte Keating an. »Was heißt das, Sie sind überall herausgerissen?«

Cameron begann: »Sir, wir . . .«

»Schon gut, Cameron«, sagte Nolan und gab ihm sein eigenes Lehrbuch. »Lesen Sie vor!«

»›Vom Verständnis der Dichtkunst – von Dr. J. Evans Pritchard. Um zum vollen Verständnis der Dichtkunst zu gelangen, müssen wir uns mit den Versformen, dem Reim und der Ausdrucksweise vertraut machen. Danach stellen wir uns zwei Fragen: Erstens: Wie groß war die Kunstfertigkeit, mit der die Absicht . . .«

Während Cameron weiter vorlas, stand Keating an dem Schrank in der Ecke und betrachtete die Schüler. Er sah Todd, dessen Augen voll Tränen standen. Er sah Knox, Meeks, Pitts . . . sie schämten sich immer noch, ihm ins Auge zu schauen. Dennoch schienen sie innerlich erregt. Er seufzte. Die Ironie des Schicksals, die darin lag, daß Nolan gerade bei seinem Eintreten den Essay Pritchards vorlesen ließ, war fast unglaublich.

Er hatte seine Sachen beisammen und ging durchs Klassenzimmer auf die Tür zu. Als er dort angekommen war, sprang Todd auf.

»Mr. Keating!« rief er laut, Camerons Vorlesen unterbrechend.

Und dann: »Man hat alle zur Unterschrift gezwungen!«

Wütend stand Nolan auf. »Halten Sie den Mund, Mr. Anderson!« kommandierte er.

»Mr. Keating«, fuhr Todd fort, »es ist wirklich wahr. Sie müssen mir glauben!«

»Ich glaube Ihnen, Todd«, sagte Keating leise.

Nolan erregte sich immer mehr. »Gehen Sie, Mr. Keating!« schrie er.

Todd ließ sich nicht den Mund verbieten. »Aber es war doch nicht seine Schuld, Mr. Nolan!« rief er.

Nolan kam durch den Gang und stieß Todd auf seinen Stuhl. »Setzen Sie sich, Mr. Anderson!« schrie er. »Noch eine Ungehorsamkeit von Ihnen ...« Er wandte sich an die übrige Klasse. »Oder von irgend jemand anders, und der Betreffende fliegt von der Schule!« Dann wandte sich Nolan Keating zu, der einige Schritte ins Zimmer zurück gemacht hatte, als wollte er Todd helfen. »Gehen Sie, Mr. Keating!« schrie Nolan. »Auf der Stelle!«

Die Jungen sahen Keating an. Er erwiderte ihre Blicke. Zum letztenmal sah er jeden an. Dann drehte er sich um und ging auf die Tür zu.

»O Käpten! Mein Käpten!« rief Todd. Keating drehte sich zu ihm um. Und das tat auch die ganze Klasse. Todd stellte einen Fuß auf sein Pult und stemmte sich hoch, bis er oben stand. Und während er mit den Tränen kämpfte, sah er Mr. Keating ins Auge.

»Hinsetzen!« brüllte Nolan und schoß auf Todd zu.

Nolan war noch unterwegs zu ihm, da rief von der anderen Seite Knox den Namen Mr. Keatings und stellte sich auch auf sein Pult. Nolan drehte sich zu Knox um. Meeks nahm seinen ganzen Mut zusammen und kletterte ebenfalls aufs Pult. Pitts tat es ihm nach. Einer nach dem anderen, schließlich mehrere zugleich, folgten andere in der Klasse ihrem Beispiel und stellten sich zum stummen Salut für Mr. Keating auf die Pulte.

Nolan gab seine Bemühungen auf, die Klasse unter Kontrolle zu bringen. Regungslos stand er da und blickte mit Verwunderung auf diesen überwältigenden Tribut der Klasse an ihren früheren Englischlehrer.

An der Tür stand Keating, von seinen Gefühlen übermannt. »Ich danke euch, Jungs«, sagte er. »Danke.« Er blickte Todd in die Augen und dann allen anderen »toten Dichtern«. Daraufhin nickte er, drehte sich um und ging zur Tür, während sie ihm auf ihren Pulten stumm den letzten Gruß erwiesen.